MAIN

Simenon

Les sœurs Lacroix

Gallimard

Georges Simenon publie son premier roman à dix-huit ans. Quatre cents suivront en cinquante ans... Écrivain prolifique et génial, la publication de ses œuvres complètes comprend soixante-douze volumes !

*« Chaque famille a un cada-
vre dans l'armoire… »*

Première partie

I

— ... pleine de grâce, le Seigneur est avec vous...
pleine de grâce, le Seigneur est avec vous...

Les mots n'avaient plus de sens, n'étaient plus des
mots. Est-ce que Geneviève remuait les lèvres ? Est-
ce que sa voix allait rejoindre le sourd murmure qui
s'élevait des coins les plus obscurs de l'église ?

Des syllabes semblaient revenir plus souvent que
les autres, lourdes de signification cachée.

— Pleine de grâce... pleine de grâce...

Puis la fin triste des *ave :*

— ... pauvres pécheurs, maintenant et à l'heure de
notre mort, ainsi soit-il.

Quand elle était petite et qu'on disait le chapelet à
voix haute, ces mots, qui renaissaient sans cesse, ne
tardaient pas à l'envoûter et il lui arrivait d'éclater en
sanglots.

— ... maintenant et à l'heure... à l'heure...

Alors elle s'écriait en regardant la Vierge à travers
ses larmes :

— Faites que je meure la première !... Ou que
nous mourions tous ensemble, mère, père et Jacques.

Quelque part dans l'obscurité, pas loin, du côté de
la statue de saint Antoine, résonnait une voix grave
comme un bourdon. On ne voyait pas les visages. On

ne devinait que des silhouettes, car le sacristain avait allumé quatre lampes pour toute l'église et leurs traits aigus formaient entre les piliers des auréoles grandes comme des auréoles de saints.

— ... pleine de grâce... le Seigneur...

Pendant la durée des vêpres, il y avait eu autour de Geneviève un va-et-vient feutré dont elle ne s'était pas rendu compte. Au début, elles étaient quatre femmes agenouillées sur le même rang de chaises. La première était entrée dans le confessionnal et elle avait parlé bas, d'une voix sifflante d'asthmatique. A la sortie, elle était passée, très digne, devant les autres, et avait pris place dans la grande nef.

Une seconde pénitente lui avait succédé, qui parlait exagérément bas et se retournait à chaque instant pour s'assurer qu'on ne l'écoutait pas, cependant que la voisine de Geneviève, dont le manteau noir sentait le drap mouillé, poursuivait son examen de conscience, le visage dans les mains.

— ... Je vous salue Marie, pleine de grâce...

On aurait pu compter les cierges. Peut-être à la vérité, n'y en avait-il qu'une vingtaine ? A peine plus. N'empêche que toutes ces langues de feu qui dansaient, s'étiraient, se courbaient pour se redresser avec souplesse, que toutes ces flammes jaunes rangées en demi-cercle et vivant chacune sa vie propre formaient devant les yeux de Geneviève une fantasmagorie.

C'est pourquoi elle ne voyait rien d'autre, ni les paysannes en noir qui se glissaient tour à tour dans le confessionnal, ni le vieillard à voix de bourdon qui se dirigeait vers la porte en traînant la jambe gauche.

Les flammes sautillaient dans sa tête, mais c'était plus haut qu'elle regardait, plus haut que la robe de brocart aux pierreries incrustées, plus haut que la tête minuscule de l'Enfant-Jésus : depuis qu'elle était là, pour ainsi dire depuis toujours, elle regardait le visage de la Vierge que la lumière animait peu à peu, qui entrouvrait les lèvres, penchait la tête vers Geneviève.

— ... maintenant et à l'heure de notre mort, ainsi soit-il.

Des pas sur les grandes dalles grises et des bouffées d'air frais, le léger grincement de la porte matelassée. Des pas aussi autour de l'autel où le sacristain éteignait les cierges...

Geneviève n'entendait pas, ne voyait pas, ne sentait pas la soudaine odeur de cire chaude.

Le prêtre, dans son confessionnal, écarta le rideau de drap vert, avança la tête et attendit un peu.

Comme la jeune fille ne bougeait pas, il toussa, discrètement, puis il comprit qu'elle n'était pas là pour se confesser et retira son étole, s'éloigna sans bruit, passa près d'elle et ne put s'empêcher de se retourner.

Quelqu'un sortait encore. Le sacristain traversait toute l'église à grands pas sonores, signifiant ainsi que c'en était fini des cérémonies et des prières.

Geneviève tressaillit, jeta autour d'elle un regard apeuré, revint au visage de la Vierge et alors, se raccrochant un instant, elle murmura, toute sa volonté tendue, comme si c'eût été une question de volonté.

— Sainte Vierge jolie... Il faut que vous fassiez quelque chose pour que cela change à la maison... Il faut que tante Poldine et maman cessent de détester papa et de se détester entre elles... Il faut que mon frère Jacques et papa arrivent à s'entendre... Sainte Vierge jolie et douce, il faut que tous chez nous cessent de se haïr...

Le sacristain, impatient, menait grand vacarme au fond de l'église et Geneviève, qui avait deux larmes au coin des yeux et de la chaleur dans la poitrine, quitta sa chaise, ramassa ses gants, fit une génu-flexion, se retourna pour lancer un dernier regard à la Vierge qui vivait dans l'embrasement des bougies.

A mesure qu'elle se rapprochait de la porte, il faisait plus froid. Quand elle arriva sur le parvis, la pluie tombait dru, crépitait sur les pavés, sur les marches. Elle resta là, dans le froid humide, près d'un grand saint de pierre aux pieds nus, aux orteils usés. Elle voyait un bec de gaz, près du tournant, après le mur du presbytère ; en face, une fenêtre était éclairée, mais on ne pouvait savoir ce qui se passait derrière, dans la lumière douce de la lampe.

— Sainte Vierge jolie, faites que...

Elle continuait sa prière, à son insu, et cela ne l'empêchait pas de penser qu'elle était en retard et que la pluie ne cesserait sans doute pas ce soir-là.

Elle portait un manteau de ratine bleue, à martin-gale, comme les pensionnaires. Elle était si mince, dessous, que ce vêtement l'écrasait. Quand elle voulut courir le long des maisons, elle fut tout de suite essoufflée et, d'ailleurs, il lui était défendu de courir, à cause de ses chevilles qui se foulaient facilement.

Comme elle faisait tous les jours le même chemin, elle ne voyait plus rien ; à peine sentait-elle au passage l'odeur qui s'exhalait du soupirail de la pâtisserie, puis entendait-elle la rumeur du *Café du Globe*.

— Geneviève !...

Elle sursauta, fut si surprise qu'elle porta la main à sa poitrine et resta un moment sans comprendre qu'il n'y avait rien d'effrayant, que c'était son frère, tout simplement, qui venait de l'interpeller.

— Jacques... balbutia-t-elle en s'efforçant de se calmer.

Elle n'y arrivait pas. C'était physique. Elle avait eu peur et elle continuait à craindre quelque chose, à regarder son frère avec angoisse.

— Viens par ici, dit-il. J'ai besoin de te parler...

— Mais...

Elle hésitait à s'engager dans la ruelle obscure où il l'entraînait. C'était mal, elle le sentait. Et sa chair, malgré elle, avait des spasmes comme pour se resserrer, se tasser à l'extrême afin de donner moins de prise au danger.

— Dépêche-toi, insistait Jacques qui, lui, était grand et fort et qui, ce soir-là, l'air sournois, enfonçait les mains dans les poches de sa gabardine.

Mais ils étaient forcés d'aller plus loin, parce que le coin était pris, parce qu'il y avait déjà un couple d'amoureux dans l'ombre.

— Qu'est-ce qu'il y a, Jacques ?

— Si c'est pour trembler d'avance, j'aime mieux ne rien dire...

— Je ne tremble pas.

L'instant d'avant, peut-être. Mais, le temps d'en parler, et elle tremblait vraiment. C'était toujours comme cela. Elle était trop nerveuse. Elle ne pouvait pas se dominer. Maintenant, par exemple, sa nervosité était telle que c'en était douloureux. Et elle n'aurait pu dire pourquoi. Elle souffrait de quelque chose qui n'existait pas. Peut-être souffrait-elle d'avance de ce qui n'était pas encore arrivé ? Ou peut-être, comme elle l'avait parfois pensé, souffrait-elle pour quelqu'un d'autre, par erreur ?

— Tu as froid ? demanda Jacques, qui n'aimait pas la voir dans cet état.

— Non ! Qu'est-ce que tu voulais me dire ? On nous attend...

— Justement...

A présent, il regrettait d'avoir guetté sa sœur au passage et de lui avoir parlé. Elle pleurait déjà, se cramponnait à son bras, de ses frêles mains qui tremblaient.

— Tu ne feras pas ça, dis, Jacques ?

— Il y a assez longtemps que j'hésite...

Elle avait vraiment froid et une large goutte d'eau s'écrasa sur sa nuque.

— Tu seras plus tranquille sans moi... Ça fera toujours un certain nombre de disputes évitées...

— Quand veux-tu ?...

— Cette nuit... C'est pourquoi je voulais te prévenir... Si tu entends du bruit, ne t'inquiète pas...

— Jacques !

— Viens... Rentrons... Ou plutôt rentre la première...

— Et elle ?

Il détourna la tête sans répondre. Elle insista en secouant son bras.

— Et Blanche ?

— Elle m'accompagne... Va, maintenant... Non ! surtout, ne commence pas un sermon...

Et il s'efforçait de ne pas regarder sa sœur, par crainte de se laisser ébranler.

— Va vite... sinon, cela fera encore une scène...

Geneviève devait suivre la grande rue éclairée, traverser la place où il y avait toujours une vieille mendiante sur le banc, prendre enfin la rue calme au bout de laquelle elle habitait. Elle continuait de trembler et cela lui faisait peur, car c'était toujours signe qu'un événement était proche. Elle marchait vite. Elle courait. Elle s'arrêtait, à cause de ses palpitations.

Tante Poldine n'était pas encore descendue, car on voyait de la lumière au premier étage, dans la pièce qu'elle appelait son bureau. Il y avait de la lumière tout là-haut aussi, dans l'atelier vitré où travaillait le père.

Geneviève chercha la clef dans son sac mouillé, rencontra dans le corridor la bonne qui allait mettre le couvert.

— Va vite te déshabiller... Tu as encore pris froid...

Elle tressaillit. Elle tressaillait chaque fois que quelque chose la frappait du dehors, même quand, comme c'était le cas, il s'agissait de la voix de sa mère.

Il est vrai qu'elle n'avait pas vu celle-ci. Mathilde parlait toujours avant qu'on pût la voir, tant elle se glissait silencieusement par toute la maison.

— Tu n'as rencontré personne ?

Geneviève rougit. Il n'y avait aucune raison de lui poser cette question. Chacun savait qu'elle ne parlait à personne, qu'elle ne s'arrêtait jamais en chemin, fût-ce pour regarder un étalage... Alors, pourquoi, aujourd'hui, justement ?...

Elle ramassa son livre de prières qu'elle avait laissé tomber et qui était protégé par une housse de drap noir. Elle monta l'escalier aux marches cirées et fut un instant à se demander si elle n'était pas prise de vertige.

Pour quelques minutes encore, la maison était calme et on aurait pu croire qu'elle vivait en paix. Le père de Geneviève, dans son atelier dont il fermait la porte à clef, faisait Dieu sait quoi. Peut-être travaillait-il ? Mais il ne pouvait consacrer à restaurer des tableaux tout le temps qu'il passait dans cette pièce.

Il devait avoir des livres ? Pourtant, on ne lui en voyait jamais apporter. S'il en avait, c'étaient de vieux livres, qui étaient là depuis toujours. Une fois que la porte était entrouverte, Geneviève avait aperçu un fouillis de choses sombres, des tapis, d'étranges bibelots, des masques blêmes sur les murs, des armes anciennes...

Ce qu'il y avait dans l'atelier, nul ne pouvait le savoir au juste, mais du moins savait-on ce qui y entrait et ce qui en sortait car, quand le père montait l'escalier ou le descendait, tante Poldine ouvrait invariablement sa porte.

Le poêle devait être grand, car il fallait chaque matin un plein seau de charbon qu'Emmanuel Vernes montait lui-même.

Quant à tante Poldine, il n'était pas difficile de savoir à quoi elle s'occupait : elle faisait des comptes ! Elle était assise devant des piles de calepins noirs, à couverture de toile cirée et aux pages couvertes de chiffres au crayon. Au milieu du bureau, elle avait posé sa montre et, à sept heures exactement, elle se lèverait, entrouvrirait la porte, tendrait l'oreille, attendant le coup de sonnette qui devait annoncer le dîner et qui avait parfois quelques secondes de retard.

Alors elle descendrait, droite et importante comme une tour. Elle descendrait et...

Geneviève dut s'asseoir au bord de son lit. C'était étrange. Elle qui avait eu toutes les maladies ressentait soudain un malaise nouveau et s'en effrayait. Elle se tenait immobile, pour mieux épier le mal en dedans d'elle. On eût dit qu'elle s'écoutait.

Mais non ! Elle avait marché trop vite ! Puis

Jacques lui avait fait peur. Elle n'avait pas l'habitude d'être interpellée dans la rue et, si étrange que cela paraisse, elle n'avait pas reconnu tout de suite la voix de son frère.

— ... Sainte Marie, mère de Dieu, priez pour nous, pauvres...

Elle se détendit, croyant que c'était passé, sourit faiblement, comme quelqu'un qui a eu peur de son ombre. Elle voulut se mettre debout et alors cela recommença.

Ce n'était pas une douleur à proprement parler. C'était plutôt comme une angoisse. Il lui semblait qu'il allait arriver un accident, un malheur, un événement grave et qu'il lui fallait avancer, aller quelque part sans perdre de temps ; mais ses pieds restaient cloués au sol et ses jambes étaient si lourdes... Non, c'était son corps qui était lourd, puisque ses genoux tremblaient, menaçaient de ployer...

Elle faillit appeler :

— Père !

Et elle entendait la clef tâtonner dans la serrure de la porte d'entrée, puis Jacques qui accrochait son imperméable au portemanteau et qui entrait dans la salle à manger où sa mère était comme tapie derrière la porte.

Toute la maison était imprégnée de l'odeur de la soupe aux poireaux. Sur le palier, une porte s'ouvrait et tante Poldine était sûrement là, sa montre à la main, à attendre la sonnette du dîner.

Or, voilà que l'imprévu se déclenchait déjà. Geneviève n'avait pas fermé tout à fait sa porte, afin de laisser pénétrer un peu de la lumière du corridor, car elle n'avait pas allumé chez elle, elle ignorait pourquoi. Elle était assise au bord du lit, dans l'obscurité.

Et tante Poldine, machinalement, poussait la porte, prononçait d'une voix hésitante :

— Tu es là ?

En même temps, elle découvrait dans le noir le visage laiteux de la jeune fille et elle avait un sursaut.

— Qu'est-ce que tu faisais ? dit-elle d'une voix indécise.

— Rien, tante...

Cela ne méritait pas qu'on y prît garde. Pourquoi tante Poldine aurait-elle eu peur ?

Et n'est-ce pas un geste naturel, en voyant une porte entrouverte, de la pousser entièrement ?

La sonnette tintait dans le corridor du rez-de-chaussée. Tante Poldine descendait, prononçait :

— Tu viens ?

Alors se plaçait le second événement, qui n'était pas un événement à proprement parler. Normalement, à cet instant précis, c'est-à-dire pendant la descente de tante Poldine, on aurait dû entendre s'ouvrir la porte de l'atelier, tout en haut, puis le bruit de la clef dans la serrure, car Emmanuel Vernes fermait toujours sa porte à clef.

C'était réglé à tel point que Geneviève s'attardait sur le palier, les jambes toujours molles, l'épaule contre le mur, à attendre son père, à espérer la joie de descendre un étage avec lui.

— Eh bien ! Geneviève ?

Cela venait d'en bas. C'était la voix de sa mère et Geneviève descendit, pénétra dans la clarté de la salle à manger, s'arrêta net en voyant son père assis à sa place habituelle.

— Qu'est-ce que tu as ?

— Moi ?... Rien... Pardon...

La tête lui tournait. Elle ne comprenait pas comment son père pouvait être là, puisqu'il n'était pas descendu de l'atelier.

En même temps elle essayait d'éviter le regard de Jacques, car celui-ci se méprenait, croyait que c'était à cause de ce qu'il lui avait dit qu'elle était émue. Inquiet, il la fixait comme pour lui ordonner :

« Attention de ne pas te trahir... »

Tante Poldine était debout, ses cheveux gris presque à hauteur du lustre et, avec sa gravité coutumière, elle plongeait la louche d'argent dans la soupière, versait le liquide fumant dans les assiettes que chacun lui tendait à son tour.

— Qu'est-ce que tu as ? Tu as vraiment pris froid ?

Mathilde observait sa fille, fronçait les sourcils, passait à Jacques qu'elle questionnait avec méfiance.

— Et toi ? Pourquoi regardes-tu ta sœur ainsi ?

— Je t'assure, mère...

Tante Poldine soupira, marqua un temps d'arrêt, ce qui signifiait :

« Lorsque vous aurez fini, je pourrai enfin manger. »

En réalité, à part la décision de Jacques, il n'y avait rien de plus extraordinaire ce soir-là que les autres soirs. Dès lors, pourquoi Geneviève regardait-elle autour d'elle comme un animal qui flaire un danger ? Elle tenait sa cuiller à la main et ne se décidait pas à manger sa soupe. Elle sentait qu'on l'épiait, faisait de vains efforts pour se comporter normalement.

Elle n'avait pas encore regardé son père. Elle évitait autant que possible de se tourner vers lui, parce qu'alors tante Poldine avait une moue qui disait clairement :

« Ces deux-là s'entendront toujours ! »

Et, en fin de compte, c'était sur le père que cela retombait !

— Si tu es vraiment malade, insinuait la mère, tu ferais peut-être mieux de te coucher...

Et Geneviève, qui voyait enfin son père, en face, avait un nouveau choc. Il n'avait jamais été aussi pâle, avec des yeux aussi cernés, et surtout il n'avait jamais eu cette expression à la fois calme et tragique.

— Je... commença-t-elle.

Chacun attendait, sa cuiller en suspens.

— Eh bien?

— Je... je ne sais pas...

Soudain, ce fut le cri, un cri comme elle n'en avait pas poussé de sa vie et qu'elle entendit avec stupeur. Au même moment, il se produisit comme un déchirement intérieur, une lumière aveuglante qui ne venait pas du lustre, une lumière qui laissait dans leur pénombre les visages rangés autour de la table, celui du père, de la mère, de tante Poldine, de Jacques...

Il y avait aussi le visage rose d'Elise, la bonne, soit qu'elle fût déjà là avant, soit qu'elle vînt justement d'entrer.

Geneviève ne savait pas si elle était debout ou assise, mais elle se cramponnait à la table et ce qu'elle regardait, ce n'était pas un décor familier, des visages de parents, un spectacle quotidien : c'était un tableau où chaque détail était fixé comme pour toujours, y compris l'angoisse qu'elle lisait dans les yeux marron de son père.

Elle ne savait pas qu'elle parlait et pourtant elle balbutiait :

— J'ai peur!

Tous la regardaient comme on regarde quelqu'un qui dormait paisiblement l'instant d'avant et qui se dresse soudain en proie à un cauchemar. Non seulement elle avait peur, mais elle faisait peur. On se demandait ce que ces yeux voyaient pour s'écarquiller de la sorte.

— Geneviève !... Je t'en supplie...

Jacques avait repoussé sa chaise et essayait d'entraîner sa sœur, par crainte d'une phrase imprudente.

— Viens !... Il faut te coucher...

Pourquoi le père, lui, s'était-il levé brusquement, s'était-il dirigé vers la fenêtre et, écartant le rideau, avait-il collé son front à la vitre embuée ? On le voyait de dos, indifférent en apparence à ce qui se passait.

Geneviève cherchait à reprendre sa respiration, se soulevait, voulait marcher, sortir de la salle à manger, gagner sa chambre mais, au moment où elle quittait l'appui de la table, elle avait un nouveau cri.

— Père !

Cette fois, elle vacillait, se retenait un instant au dossier de sa chaise. Celle-ci se renversait et la jeune fille tombait, restait par terre, avec l'expression apeurée d'un être inconscient sur qui s'abat une catastrophe.

— Qu'est-ce... qu'est-ce que j'ai ?

Tante Poldine proférait mystérieusement :

— Voilà ce que ça donne !

La mère, honteuse, détournait la tête, Jacques aidait sa sœur, disait sans le savoir :

— Lève-toi... Ne reste pas par terre...

Et elle, d'une voix lointaine :

— Je ne peux pas, Jacques ! Tu vois bien que je ne peux pas...

Le père regardait. Jacques soulevait sa sœur, la mettait debout et on voyait les jambes ployer comme les jambes d'une poupée en chiffon.

— Je ne peux pas... Je te l'ai dit... Cela va passer...

— Mais assieds-la donc ! s'impatienta Poldine. Et vous, imbécile, allez chercher du vinaigre...

La servante sortit sans comprendre et elle devait se demander toujours pourquoi le père sortait derrière elle, s'arrêtait dans le corridor, les bras au mur, la tête dans les bras, se mettait à pleurer avec des sanglots rauques.

— Il faudrait peut-être appeler le médecin, dit la mère.

— Il faudrait peut-être commencer par la coucher. Ce n'est pas la première fois qu'elle s'évanouit.

Geneviève était encore là sans y être. Elle les regardait tous et, pour elle, ils devaient s'estomper dans une pénombre légère, prendre une consistance de fantômes.

Pourtant, lorsque son frère la porta et monta l'escalier avec elle, elle l'entendit qui lui soufflait :

— Surtout, ne dis rien !

Au lieu de répondre, elle articula sans raison :

— J'ai eu peur...

— De quoi ?

— Je ne sais pas... J'ai eu si peur, Jacques !...

Elle se laissa déshabiller par sa mère. Elle entendait la voix de Jacques qui, du bureau de tante Poldine, téléphonait au docteur Jules.

— C'est pour ma sœur, oui... Je ne sais pas...

Il faisait chaud. La maison était toujours trop chauffée, ce qui n'empêchait pas tante Poldine et sa sœur de revêtir plusieurs épaisseurs de laine. Il faisait encore plus moite que chaud. Et on avait tellement peur de perdre un peu de cette moiteur qu'on n'entrouvrait les portes que furtivement.

— Il vient ?

C'était la voix de tante Poldine, qui demandait à Jacques si le docteur avait promis de venir.

— Il était à table. Il arrive à l'instant...

La tante resta un moment sur le seuil, à contempler Geneviève que sa mère déshabillait. Il n'y avait pas de pitié dans les yeux de Poldine. Plutôt une certaine satisfaction.

« Bien fait ! » semblait-elle dire.

Quant à la mère, ce n'était pas de la pitié non plus que son visage exprimait, mais l'ennui de toute complication et aussi l'impatience de quelqu'un qui ne comprend pas.

— Qu'est-ce qui t'a pris tout d'un coup ? Où es-tu allée cet après-midi ? Qui as-tu vu ?

— Je te jure, mère...

On ne disait ni maman, ni papa. Ces mots, dans la maison, eussent paru ridicules.

— Tu ne peux vraiment pas te tenir debout ?

— Je veux bien essayer... Tu vois... Je tombe...

Geneviève souriait timidement, pour s'excuser.

— Où est père ?

Justement, tante Poldine s'en inquiétait. En descendant l'escalier, elle avait trouvé son beau-frère assis sur la première marche, les yeux rouges, les moustaches de travers, le regard flou.

Son visage s'était rembruni et toute seule, droite et calme, elle était entrée dans la salle à manger, avait redressé au passage la chaise renversée par sa nièce. Quelque chose ne lui plaisait pas, lui semblait peut-être anormal, car elle gardait un front soucieux en se rasseyant à sa place et en mangeant une cuillerée de soupe.

Machinalement, son bras se tendit vers le bas du lustre où pendait la poire vernie d'une sonnerie électrique. Elise fut longtemps avant de se présenter, s'essuyant les mains mouillées à son tablier.

— Fermez la porte.

Elise, qui n'avait que seize ans et qui était courte et grasse, montra la porte ouvrant sur le corridor.

— Celle-là ?

Bien entendu, il n'y avait que cette porte-là d'ouverte ! Seulement il lui paraissait étrange de la fermer alors qu'Emmanuel Vernes était tout seul dans le couloir.

— Qu'est-ce que j'ai dit ? Maintenant, venez ici. Où se trouvait mon beau-frère quand nous nous sommes mis à table ?

— Je ne sais pas, Madame.

— Vous l'avez vu ou entendu descendre ?

— Non, Madame.

— Vous ne l'avez pas vu rentrer non plus ?

— Rentrer de la rue ? Non, Madame. Je l'ai seulement vu quand il est venu dans la cuisine me demander une épingle.

— Il est allé dans la cuisine ?

— Oui, Madame.

— Quand ?

— Un peu avant le dîner.

— Qu'est-ce qu'il vous a fait ?

— Rien, Madame.

— Vous êtes sûre qu'il ne vous a rien fait ?

— Mais oui, Madame !

— Il n'a pas essayé ?

— Non, Madame.

— Allez !

La fille sortait quand Emmanuel rentra, calmé, plutôt morne qu'abattu. Il alla se rasseoir à sa place, les coudes sur la table, et regarda le vide devant lui.

— Qu'es-tu allé faire à la cuisine ? lui demanda soudain sa belle-sœur.

Il tressaillit.

— Moi ?... Quand ?...

— Ne fais pas l'imbécile... Tu sais qu'avec moi cela ne prend pas... Qu'es-tu allé faire à la cuisine ?... Du moment que tu n'as pas touché à Elise, c'est que tu avais une autre idée...

On entendait des pas à l'étage au-dessus. L'air, trop remué, n'avait pas sa consistance habituelle, ni même, eût-on dit, son odeur.

— Tu ne réponds pas ?

— Moi ?

Et ses yeux se posaient sur les chaises vides. Il était bien seul avec Poldine, qui l'écrasait toujours de son regard.

— Donne-moi l'épingle...

— Quelle épingle ?

— Celle que tu as demandée à la bonne...

Il la chercha au revers de son veston, ne la trouva pas.

— Pourquoi trembles-tu ?

— Je ne tremble pas.

— Pourquoi n'oses-tu pas me regarder ?... Tu sais ce que cela veut dire, n'est-ce pas, quand tu as cette tête-là ?

Il voulut se lever, sortir. Il souhaitait le coup de sonnette du docteur qui tardait à venir.

— Qu'est-ce que tu as encore fait ?

Un instant, on put croire qu'il allait lui répondre. Il la regarda, l'œil dur, les narines frémissantes. Mais, presque aussitôt, il détourna la tête, courba les épaules.

— Hein ! Qu'est-ce que tu as encore fait, mon petit Emmanuel ?

Et cette tour de tante Poldine prenait, pour dire cela, une voix douce, d'une douceur perfide, des intonations faussement câlines.

— Je le saurai, va !... Et tu le sais, que je le saurai...

La sonnette, enfin ! Pendant que son beau-frère allait ouvrir, elle resta seule, plongea sa cuiller dans sa soupe. Elle ne pensait à rien de précis, mais une idée se fit jour. Peut-être le goût de la soupe refroidie l'avait-il surprise ?

Elle renifla, prit une nouvelle cuillerée, se pencha sur la soupière.

— Il n'aurait pas osé... murmura-t-elle.

N'empêche qu'elle se leva, se dirigea vers le buffet, saisit une petite carafe vide.

Là-haut, on entendait la bonne grosse voix du docteur qui se croyait toujours obligé de rire avec ses malades et de leur raconter des histoires.

Comme Jacques descendait, il croisa sa tante qui montait en cachant un objet sous son châle.

Elise avait laissé brûler les salsifis et se demandait si on se remettrait à table. Des courants d'air venus de nulle part voletaient dans la maison, faisaient comme des vides dans l'atmosphère.

II

De même que le contact d'un objet quelconque fait retomber soudain le lait en ébullition, une présence étrangère, n'importe laquelle, suffisait à recouvrir d'une physionomie banale la fièvre intérieure de la maison. Maintenant, Léopoldine Lacroix, que les enfants appelaient tante Poldine, se tenait debout près de la porte de la salle à manger, jetait un coup d'œil vers la cage de l'escalier, disait à Elise :

— Débarrassez vite la table.

Elle avait assez de sang-froid pour tout voir d'un regard circulaire, pour aller redresser une chaise qui n'était pas dans l'alignement.

Il n'y avait pas qu'elle à obéir à cette mystérieuse consigne qui transformait la maison à l'approche d'un intrus. Emmanuel Vernes se glissait dans la salle à manger, lui aussi, venant Dieu sait d'où, sans bruit, et prenait place comme pour une représentation. Il n'avait nul besoin de regarder sa belle-sœur : il y avait trêve entre eux. Et tous deux écoutaient les pas dans l'escalier, tournaient la tête en même temps. Poldine amenait à ses lèvres une expression qui lui donnait lieu de sourire.

— Entrez, docteur... Asseyez-vous...

Le docteur Malgrin, que tout le monde appelait le

docteur Jules, fréquentait déjà dans la maison du temps du notaire Lacroix, alors que les deux sœurs, les demoiselles Lacroix, comme on disait, portaient sur le dos des nattes couleur paille. Il était petit et chauve, rond et luisant, avec un sourire naïf que démentait soudain un regard aigu.

Il s'assit à la place qu'on lui désignait, étendit ses courtes jambes et joua avec la breloque qui pendait à sa chaîne de montre. Sans bruit, Mathilde entrait dans la pièce, avait un geste comme pour s'en excuser et restait debout près de la cheminée.

— Vous prendrez bien un petit verre, n'est-ce pas ? Mathilde, passe donc les cigares...

Il en avait toujours été ainsi dans la maison. Les filles Lacroix, de tout temps, avaient vu offrir un petit verre et un cigare aux visiteurs qui s'asseyaient dans le fauteuil à dossier ; et de tout temps aussi on avait attendu pour parler de choses sérieuses que l'étranger eût avalé une première gorgée, lancé vers le lustre quelques bouffées de fumée.

— Qu'est-ce que vous en pensez ? demanda enfin Poldine.

Mathilde était la mère, mais il paraissait naturel à chacun de voir l'aînée questionner le docteur.

— Vous savez, répliquait celui-ci, il est difficile de se prononcer dès maintenant... Il y a évidemment quelque chose qui se prépare... Mais quoi ?

Et il réchauffait son verre dans sa courte main à la peau plissée comme du papier de soie.

— Ce n'est rien d'infectieux, je suppose ? insistait Poldine. Ma fille doit rentrer demain et, s'il en est ainsi...

— Je ne pense pas, non !... Ma foi... Il n'y a pas de raison...

Par habitude, il était résigné à toutes ces questions,

mais on sentait que personnellement il n'y attachait pas la moindre importance. Mathilde intervint à son tour et, dès qu'elle parlait, elle ne pouvait empêcher son regard de trahir sa méfiance.

— Comment expliquez-vous que Geneviève ne tienne plus sur ses jambes ?

— Que voulez-vous que je vous réponde ? Je n'explique pas... Il faut laisser le mal se déclarer... A ce moment-là seulement...

— Quelles sont les maladies que ces symptômes peuvent annoncer ?

— Des maladies diverses... Il est beaucoup trop tôt pour en parler...

Cela ne parvenait pas à lui gâter son cigare et sa fine. Malgré ses airs embarrassés, il avait l'esprit assez libre pour penser à autre chose, pour observer de petits détails. Ainsi, chez lui, rien ou presque rien n'avait été changé depuis la mort de sa femme, survenue vingt-cinq ans plus tôt, si bien qu'il vivait à soixante-douze ans dans un décor qu'il avait pour ainsi dire toujours connu.

Eh bien ! malgré cela, sa maison était loin de donner l'impression d'immuabilité de la maison des Lacroix. Pendant que Poldine parlait, une idée le frappait : les deux filles étaient mariées, Léopoldine avec un tuberculeux qui vivait en Suisse, Mathilde avec Emmanuel Vernes. Légalement, l'aînée s'appelait donc Desborniaux, la cadette Vernes. La fille de Léopoldine, dont on venait d'annoncer le retour, s'appelait Sophie Desborniaux, Geneviève et Jacques étaient des Vernes.

Or, cela n'empêchait pas les gens de dire toujours la maison des Lacroix et de considérer tous ses habitants comme des Lacroix.

Le docteur Jules lui-même avait annoncé à sa gouvernante, en quittant précipitamment la table :

— Je vais chez les sœurs Lacroix !

Léopoldine, que rien ne faisait dévier de son idée, questionnait paisiblement :

— Entre nous, croyez-vous qu'elle devienne un jour comme une autre ?

— Mais...

— Vous pouvez parler franchement. Quand elle est née, mon beau-frère était mal portant, mais avait cru bon de nous le cacher. Vous savez comme nous que Geneviève a eu une croissance difficile et je me demande parfois si, pour son bien, nous avons eu raison de faire tout ce que nous avons fait. Car, enfin, si maintenant elle doit rester infirme et vivre ainsi des années et des années...

Mathilde ne bronchait pas. Les yeux mi-clos, les mains jointes sur le ventre, elle regardait le tapis.

— Ma chère amie, nous, médecins, nous voyons tant de miracles que...

On n'avait pas offert d'alcool à Emmanuel, ni de cigare. Il était là, certes. Mais personne ne s'occupait de lui et deux fois le docteur jeta un regard furtif à ses yeux trop cernés, aux creux minces et profonds qui marquaient ses narines. Le plus inquiétant, c'était la boursouflure des pommettes qui semblaient faites d'une matière molle et sans vie.

— Un autre petit verre, docteur ?... Mais si !... Vous avez été mouillé en venant... Par exemple (elle tendit l'oreille), je crois que la pluie a enfin cessé... Pour en revenir à Geneviève...

Elle n'acheva pas sa phrase, se leva, marcha vers la porte ouverte et dit d'une voix unie, tournée vers l'obscurité du couloir :

— Pourquoi n'entres-tu pas ?

C'était Jacques. Il entrait, moins habile que les autres à se composer un visage, allait s'asseoir dans un coin, derrière le docteur.

— En supposant qu'il en soit ainsi... renchaînait Poldine.

— Pardon ! Qu'il en soit comment ? l'interrompait le médecin avec un regard candide.

— ... qu'elle devienne infirme, comme j'ai toujours pensé qu'elle le serait un jour... Qu'est-ce que vous conseilleriez ?

— Il m'est difficile de vous dire d'avance...

On aurait pu croire qu'elle allait envisager l'éventualité de piquer la malade comme une bête impotente.

— Quel genre de maison lui conviendrait ? précisait-elle. Berck ne soigne que les maladies osseuses, n'est-ce pas ?

Une fois par quart d'heure au plus quelqu'un passait dans la rue où il n'y avait que de grandes maisons aux volets hermétiques, à la vie secrète comme la maison des Lacroix. Il ne pleuvait plus. De grosses gouttes d'eau tombaient de temps en temps des corniches.

Enfin la porte s'ouvrit. Une petite silhouette encore vive descendit les marches et la voix sereine de Léopoldine prononça :

— Merci, docteur !... A demain... Ne venez pas trop tard...

Puis l'huis se ferma. Poldine fit demi-tour tandis que son visage changeait d'expression. Un instant elle resta sur le seuil du salon, regarda chacun tour à tour.

— Qu'est-ce que vous attendez ? articula-t-elle.

Un silence. Et enfin :

— Vous n'avez pas compris que c'est un vieil imbécile ?

*

Le jeune homme baisa son père sur les deux joues, et Vernes, d'un geste rituel du pouce, traça une petite croix sur le front de Jacques.

— Bonsoir, fils.

— Bonsoir, mère.

— Bonsoir, Jacques.

Mathilde sortait de la chambre de sa fille. Elle avait annoncé :

— Viève repose... Elle ne veut personne auprès d'elle...

Poldine était dans sa chambre, contiguë à la grande pièce qu'on appelait le bureau. La maison était vaste, si vaste que, depuis la mort du notaire, on n'avait pas cru nécessaire d'utiliser les locaux de l'étude qui formaient toute une aile du rez-de-chaussée.

Jacques couchait seul au second étage et il montait lentement, tandis que ses parents entraient chez eux et refermaient la porte.

C'était, depuis dix-sept ans, malgré l'habitude, le moment le plus dur à passer. Il y en avait pour une bonne demi-heure. Mathilde, d'un geste machinal, fermait la porte à clef et posait la clef sur sa table de nuit. Puis elle retirait sa robe, en poussant de temps en temps un soupir, passait un peignoir déteint sur sa combinaison et s'asseyait devant une vieille coiffeuse en acajou dont le miroir était piqué.

Si, pendant qu'elle arrangeait ses cheveux, son mari avait le malheur d'aller et venir, elle ne soufflait mot, mais elle se tournait vers lui et le suivait d'un regard tragique.

34

La règle, c'était qu'il se couchât aussitôt. Il avait le droit de prendre un livre, mais pas de fumer sinon, sans rien dire, sa femme allait ouvrir les fenêtres toutes grandes.

Les deux lits étaient séparés par un guéridon. Il n'y avait qu'une lampe de chevet. Après une demi-heure environ, Mathilde se couchait avec un soupir de soulagement et, d'un geste qui n'avait jamais varié, tournait le commutateur, plongeant la pièce dans l'obscurité.

C'était tout ! La journée était finie ! Le reste durait plus ou moins longtemps, selon les jours. Certaines fois, Mathilde était une heure à se tourner et à se retourner en poussant chaque fois un soupir. D'autres fois, elle s'endormait assez vite. Mais d'autres soirs aussi, après quelques minutes de silence, on l'entendait renifler, chercher son mouchoir sous l'oreiller, se moucher par petits coups, ce qui indiquait qu'elle pleurait.

Vernes attendait, les yeux ouverts. Et le moment arrivait enfin, où pour lui aussi, la journée était révolue.

Quant à l'événement lui-même, s'il y avait dix-sept ans qu'il s'était produit, il y avait dix-sept ans que personne, dans la maison, n'en avait parlé.

*

Cela s'était passé là-haut, dans l'atelier qu'aussitôt après son mariage Emmanuel Vernes avait fait aménager dans les greniers. C'est là qu'il travaillait, à restaurer avec minutie des tableaux que lui confiaient les antiquaires de Paris et de la région.

Cette fois-là, c'était au printemps et un des châssis vitrés était ouvert, laissant pénétrer un air vif qui sentait la mer. Il y avait cinq jours exactement que Geneviève était née, et sa mère était encore couchée près de son berceau.

Il était dix heures du matin. Le marché battait son plein sur la grand-place et de temps à autre le beuglement d'une vache dominait les autres bruits.

En ce temps-là, les moustaches de Vernes étaient brunes, soyeuses, sans un fil blanc.

Il avait déjà le teint mat, les lèvres rouges et, pour travailler, il portait une veste en velours noir et une lavallière.

Léopoldine venait de monter, plus tragique que les jours précédents. Elle disait en arpentant l'atelier :

— Est-ce cela que tu m'avais juré ? Est-ce ainsi que tu observes tes engagements ?

Il tenait une palette de la main gauche, des brosses de l'autre.

— Je ne peux plus entrer dans la chambre de ma sœur sans détourner la tête, car elle lirait ma colère et ma honte...

A l'époque, on n'avait pas encore l'habitude du drame et Vernes se contentait de murmurer avec embarras :

— Poldine !... Ce n'est pas ma faute, voyons !... Tu le sais bien !...

Mais l'aînée des Lacroix ricanait.

— C'est la faute à qui ?... Tu vas peut-être essayer de me faire croire que ce n'est pas ta fille ?... Et cela après m'avoir juré que jamais, désormais...

L'atelier était considéré comme un asile d'autant plus inviolable que la dernière volée d'escalier n'avait pas de tapis et que plusieurs marches craquaient.

Poldine pleurait, ou feignait de pleurer, en égrenant des reproches.

36

— Si je savais que tu ne m'as jamais aimée et que tu t'es joué de moi...

Les choses allaient vraisemblablement s'arranger. Emmanuel était assez adroit et la tendresse seyait à son visage. Il avait déjà déposé sa palette et ses brosses. Il entourait de son bras les épaules de Léopoldine qui était plus large que lui. Il balbutiait quelque chose comme :

— Je te jure, chérie, que je ne l'ai pas fait exprès, que c'est toi seule que...

On n'avait rien entendu. Cependant Poldine et lui avaient tourné la tête en même temps vers la porte restée entrouverte. Un bon moment, ils n'avaient pas bougé, puis les bras d'Emmanuel étaient retombés le long de son corps.

— Entre ! avait-il prononcé.

C'était Mathilde, qui s'était levée et qui était montée sans bruit. Elle les avait regardés tour à tour. Ce regard devait être un ordre, car Poldine était sortie. Enfin, Mathilde avait déclaré à son mari :

— Dorénavant, je t'interdis de m'adresser la parole... Sauf devant les gens, bien entendu.

C'était tout...

C'était tout sans être tout. Car il y avait encore la question de Sophie, question qui, il est vrai, ne fut jamais formellement débattue.

Un an après son mariage, Mathilde avait eu un premier enfant, Jacques, qui avait maintenant vingt-deux ans. Poldine n'était pas mariée et elle répétait avec une calme obstination qu'elle ne se marierait jamais.

Le père Lacroix venait de mourir. Quant à la mère, elle était morte depuis longtemps, alors que Poldine avait douze ans.

Or, moins d'un an après la naissance de Jacques,

Poldine fit deux courts voyages à Paris, et la seconde fois elle revint en compagnie d'un jeune homme roux, d'un roux ardent, qui exerçait le métier de chantre et qu'elle présenta comme son fiancé.

Ils se marièrent presque aussitôt, à la va-vite, sans cérémonie. C'est à peine si on vit le nouveau venu dans la maison. Il s'appelait Desborniaux. On n'eut même pas le temps de s'habituer à l'appeler Roland, car il tomba malade et on décida de l'envoyer en Suisse pour se reposer.

Il est probable qu'au cours des dix-sept années écoulées depuis lors, chacun, dans la maison, avait pensé au moins une fois par jour à ces événements. Et pourtant le souvenir devait toujours en rester flou, incohérent. Chacun ne savait que sa part et ignorait celle des autres. On s'épiait en évitant de se trahir et la vie quotidienne allait son train ; le petit Jacques, qui poussait, accaparait sa mère ; Emmanuel, comme par hasard, était surchargé de travail et Poldine tenait tête aux locataires de ses maisons ouvrières et à ses fournisseurs.

Son étrange mari était à peine en Suisse qu'on s'apercevait qu'elle était enceinte et une fille naissait bientôt sans qu'on fît revenir Roland.

Mathilde calcula aussitôt que le nouveau-né avait été conçu deux mois avant le mariage.

La fille s'appela Sophie. On recevait de temps en temps des lettres de Roland. Léopoldine lui adressait chaque mois un mandat.

Ainsi sans heurt, dans la grisaille d'une vie confuse jusqu'à la naissance de Geneviève, jusqu'à la scène de l'atelier.

— Je t'interdis, désormais, de m'adresser la parole...

Extérieurement, la maison restait sans craquelures

et Vernes couchait dans la même chambre que sa femme, non loin de la chambre où Poldine dormait solitaire.

*

— C'est toi? questionna Geneviève dans un souffle.

— Chut!...

— Ne fais pas de lumière...

Et Jacques, à tâtons, s'approchait du lit, s'y asseyait, touchait le visage de sa sœur. Il sentit qu'elle sortait une main des couvertures, une main chaude et moite, et qu'elle lui saisissait le poignet.

— Tu ne partiras pas, n'est-ce pas? supplia-t-elle. Tu ne me laisseras pas toute seule, Jacques?

Elle savait que, s'il était venu, cela ne signifiait pas que la partie était gagnée. Il se taisait. Malgré l'obscurité, il détournait la tête et elle insistait :

— A quelle heure devais-tu la retrouver?

— A minuit...

— Où?

— Je dois lancer un caillou sur le volet de sa chambre... Elle descendra... sa valise est préparée...

— Et après?

— Un camarade me prête sa voiture... Je n'ai qu'à la prendre au garage...

— Et après, Jacques? Qu'est-ce que vous ferez, après? Où irez-vous?

Il ne répondit pas tout de suite et elle comprit qu'il ne savait pas. Elle poursuivit :

— Tu l'aimes?

Et il ne répondit pas davantage.

— Tu crois, Jacques, que tu l'aimes assez pour vivre toute ta vie avec elle?

Du coup, il se sentait désemparé. C'était la faute à Viève, à sa voix, à la petite main qu'elle crispait sur son poignet.

— Tu comprends, Jacques, que tu t'engages pour toujours ? Et que tu me laisses ici, toute seule...

Celle que Jacques voulait enlever, c'était la fille du notaire Crispin chez qui le jeune homme était second clerc. Elle avait dix-sept ans. Elle était blonde et effacée. Geneviève l'avait connue, car elles avaient fait ensemble leur première communion.

— Approche-toi, Jacques, que je n'aie pas besoin de parler trop fort...

Et lui, avec gêne :

— Tu ne te sens pas bien ?

— Je ne sais pas... J'ignore ce que le docteur a dit... Quand maman est montée, après, elle m'a regardée drôlement... Ecoute, Jacques...

— J'écoute...

— Mets ta tête sur l'oreiller... Ne te raidis pas ainsi, comme si tu avais hâte de partir... J'ai peur que tante Poldine entende...

— Celle-là ! gronda-t-il, soudain tendu.

— Tais-toi...

— Tu ne vas pas m'obliger à l'aimer, non ? Alors que c'est elle qui nous gâche l'existence...

— Ecoute-moi, Jacques !... Sois sage...

— C'est facile à dire mais moi, je suis un homme... Et j'en ai assez !... J'en ai par-dessus la tête !... Il y a des moments où, à table, j'ai envie de hurler... Tu ne comprends pas ça ?... Tu crois que c'est une vie que nous passons à nous épier, à échanger des phrases à double sens et à nous lancer des regards perfides ?... Un étranger qui entrerait à l'improviste se croirait dans une maison de fous !... Au début, je pensais que papa était différent...

— Jacques !

— Je sais que tu prendras sa défense, mais ce n'est pas la peine, va ! Tout à l'heure, quand il a pleuré, je me suis demandé...

— Chut !...

— Tu ne m'empêcheras pas de dire ce que j'ai sur le cœur... Je me suis demandé si ce n'était pas sur sa lâcheté qu'il pleurait, parce qu'il nous sacrifie, toi comme moi... Il nous sacrifie à tante Poldine, à maman...

— Je t'en supplie...

— Quand je sors d'ici, j'ai l'impression que je ne suis pas un homme comme ceux que je rencontre... J'ai presque peur des gens... Je me surprends à les regarder en dessous, comme maman, qui semble toujours croire qu'on essaie de la tromper...

— Ecoute, Jacques... Il faut que tu m'écoutes !... Je suis malade, n'est-ce pas ?... Alors, j'ai des droits...

— Je te demande pardon...

— Peut-être ne sortirai-je jamais plus de mon lit...

— Viève ! dit-il comme quand il était petit.

— Ne t'inquiète pas... Je crois que je ne serai même pas triste... Il y a longtemps que je pense que ce serait un bonheur de rester toute la journée seule avec...

— Avec quoi ?

— Avec rien... Avec mes pensées... Avec les choses que je sens et que je vois... Va écouter à la porte...

Il y alla sur la pointe des pieds, revint s'asseoir au bord du lit.

— Tu n'as rien entendu ?

— Non...

— Approche-toi... Je veux t'expliquer quelque

chose, à toi, parce que je ne peux pas en parler aux autres... Et même, j'ose à peine y penser!... Promets-moi que tu ne riras pas... Promets-moi surtout de n'en rien dire à personne, jamais...

— Je jure...

— Non, ta promesse suffit... Et je me demande si, en parlant comme je vais le faire, ce n'est pas moi qui blasphème... Tu te souviens de Sophie, le jour de l'échelle ?

Pour les enfants, qui ne connaissaient pas la scène de l'atelier, la date la plus mémorable était celle du drame de l'échelle. Il y avait déjà neuf ans de cela. Geneviève avait alors huit ans. Son frère en avait treize et Sophie avait un peu plus de onze ans.

Ils jouaient dans la cour pavée de la maison, près des anciennes écuries où une échelle était dressée contre la fenêtre d'un grenier. Sans doute venait-on de rentrer des pommes.

C'était une journée comme beaucoup d'autres et rien ne laissait prévoir un événement extraordinaire jusqu'au moment où Sophie avait posé le pied sur le premier échelon de l'échelle.

— Tu te souviens, Jacques ? Je lui ai dit de ne pas monter. Je ne sais pas pourquoi j'étais sûre qu'il allait arriver un malheur. Elle s'est retournée et a essayé de me donner un coup de pied, puis elle est montée...

— Parle plus bas...

— Oui... Après, n'est-ce pas ? elle a prétendu qu'elle était tombée parce que j'avais crié et que je lui avais fait peur...

— J'ai dit que tu avais crié en la voyant tomber...

— Eh bien! Jacques, je crois que ce n'est pas vrai... Elle était en haut de l'échelle et elle allait passer dans le grenier quand j'ai regardé par terre, sans raison... Il y avait des brins de paille entre les pavés... Et soudain j'ai vu, oui j'ai vu Sophie, le visage sur le sol...

— Elle était tombée...

— Non, Jacques! Laisse-moi finir... Je t'assure que je n'ai pas la fièvre et qu'il y a longtemps que je brûle d'en parler... J'ai levé la tête et j'ai vu Sophie sur l'échelle, Sophie qui, à ce moment précis, manquait le pied... C'est alors que j'ai crié...

— Tu as eu un pressentiment... Ce n'est pas si rare...

— Tu ne comprends pas...

— Qu'est-ce que je ne comprends pas?

— Je veux dire que tu expliques les choses à ta manière. Tiens! aujourd'hui après-midi, aux vêpres, j'ai eu soudain envie de pleurer et c'est à peine si j'ai pu me retenir... Je ne savais pas encore pourquoi... Mais, en sortant, je me suis retournée malgré moi vers l'autel de la Vierge et j'ai dit...

— Qu'est-ce que tu as dit?

— J'ai dit : « Adieu, ma petite Vierge jolie... »

— Pourquoi « adieu »?

— Je ne sais pas... Or, tu vois : voilà que je suis malade!... Ce n'est pas tout, Jacques. C'est à cause de la suite que je ne veux pas que tu partes... Ce soir, au dîner...

Sa main frémissait. Tout son corps recommençait à trembler.

— Viève, calme-toi, je t'en supplie!

— Alors, Jacques, il faut que tu me croies, que tu restes, que tu saches qu'il s'est passé quelque chose, je ne sais pas quoi, mais que nous avons couru un grand danger... Je sais, Jacques, que tout à l'heure la mort était derrière la porte, j'ignore pour qui, pour l'un de nous...

— Calme-toi, ma petite Viève...

— Tu ne me crois pas !

— Mais si !

— Tu comprends, Jacques ?... Je prie tant que... Non ! je ne peux pas dire cela... Ce serait pécher par orgueil...

— Tu pries tant que...? Qu'as-tu voulu ajouter ?

— Rien !... Il faut me croire quand je dis quelque chose, parce que ce n'est peut-être pas moi qui parle... Chut !... Ne dis plus rien... Reste encore un moment à tenir mes mains dans les tiennes... Tu as les mains si fraîches, toi !...

Et Jacques, sans savoir pourquoi, pleurait silencieusement, dans l'obscurité. Une vague odeur d'éther flottait encore dans la chambre. Il faisait noir et pourtant les objets finissaient par se détacher de l'ombre.

— Jacques...

— Chut !...

— Promets-moi...

— Chut !...

— Un mois... Quinze jours... Promets-moi quinze jours...

— Je promets...

— Tu seras gentil avec père...

— Je ferai mon possible...

— Et avec mère... Avec tante Poldine...

Il ne put s'empêcher d'ironiser :

— Avec Sophie aussi, peut-être ? Elle revient demain...

— Avec Sophie aussi... Elle est malheureuse...

— A force de détester les gens ! A force, surtout de te détester !

— Elle a raison : j'ai crié *avant*. Mais ce n'est quand même pas ma faute... J'avais vu...

Sophie, à la suite de cette chute, était restée près

d'un an dans le plâtre, ce qui l'avait mise en retard pour ses études. Au surplus, elle boitait désormais et elle s'était dégoûtée davantage de l'école où elle se sentait différente des autres.

— A quelle heure arrive-t-elle ?

— Je n'en sais rien.

— Il vaut peut-être mieux que tu montes te coucher... Maintenant, je n'ai plus peur : tu as promis...

Elle reprit pourtant après un silence :

— Qu'est-ce qu'elle fera en n'entendant pas le caillou sur le volet ?

— Je l'ignore...

— Tu n'auras qu'à lui dire que c'est moi... que j'ai eu un pressentiment...

Il approuva du bout des lèvres :

— Oui...

Au même moment, il y eut un déclic sur le palier, un trait de lumière jaunâtre sous la porte. Silence encore. Mais le trait de lumière était coupé par deux ombres, celles des jambes de quelqu'un qui écoutait.

Une demi-minute ne s'était pas écoulée que la porte s'entrouvrait sans bruit et que la voix de tante Poldine disait :

— Tu n'es pas seule ?

Elle tourna le commutateur. Le frère et la sœur, un instant, ne virent rien autour d'eux, tant ils étaient éblouis par la lumière.

— Tu n'es pas couché, toi ?

Et, à Geneviève :

— C'est toi qui l'as appelé ?

C'était le ton de la maison : des voix dures, des regards sans indulgence et toujours des sous-entendus.

— Je me demande pourquoi vous n'avez pas allumé...

— Tante... commença Jacques.

Il se tut parce que, derrière sa tante, il voyait apparaître une autre silhouette, celle de sa mère qui prononçait :

— Qu'est-ce qu'il y a, Poldine ?

Si bien qu'on ne savait plus qui chacun surveillait, qui chacun soupçonnait de quelque chose.

— J'ai entendu chuchoter et j'ai trouvé tes enfants dans l'obscurité.

Emmanuel ne pouvait pas être resté sourd à ce remue-ménage, mais il était le seul à n'avoir pas le droit de venir voir.

— Qu'est-ce que tu attends pour aller te coucher, toi ? disait Mathilde d'une voix glacée. Qu'est-ce que tu racontais encore à ta sœur ?

— Mère... commença Geneviève.

— Toi, tu me feras dorénavant le plaisir de ne plus me mentir. Quand je suis venue, tu m'as déclaré que tu dormais. Si tu considères que la place de ta mère n'est pas près de toi quand tu es malade, mais que c'est la place d'un jeune homme...

— Bonsoir... balbutia Jacques en s'engageant lourdement dans l'escalier où on l'entendit grommeler des phrases indistinctes.

Les deux sœurs, en tenue de nuit, restaient debout près de la porte. On eût dit que nulle ne voulait quitter la place la première. Poldine, pourtant, finit par murmurer :

— J'espère que, cette fois, il y aura moyen de dormir...

Mathilde resta, ferma la porte, regarda sa fille, sans bouger, articula enfin :

— Tu n'as rien à dire à ta mère ?

— Non.

— C'est bien !

Elle éteignit, sortit, referma l'huis. Dans son lit, Vernes avait les yeux ouverts et il suivit sa femme du regard tandis qu'elle arrangeait son oreiller.

Peut-être eût-il aimé savoir, lui aussi ?

Mais il ne dit rien.

Elle ne dit rien.

La lumière s'éteignit et Mathilde poussa un long soupir.

Toutes les portes, désormais, étaient closes, toutes les lampes éteintes, les couvertures serrées sur des êtres qui, farouchement repliés sur eux-mêmes, cherchaient le sommeil.

Des gens, cependant, un homme et une femme, qui se tenaient par la taille et qui avaient trop bu, des gens qui sortaient d'un café encore ouvert et qui allaient attendre un autocar au bout de la rue, suivaient le trottoir en riant, parce que l'homme frôlait sans cesse les maisons et disait :

— Tu me pousses !...

— C'est toi qui es saoul et qui me tires... répliquait la femme sur le même ton.

— Je te dis que tu me pousses...

La maison des Lacroix y passait comme les autres. L'homme heurtait l'appui d'une fenêtre, faisait résonner un volet, repartait de plus belle en affirmant :

— Tu vois bien que c'est toi, Mélie !...

Ils ne se doutaient même pas que le coup sur le volet s'était répercuté dans toute la maison où, dans chaque lit, des yeux étaient écarquillés.

III

Geneviève était un peu rose tandis que sa mère rabattait la couverture sur ses jambes pâles, plus frêles que celles d'une gamine de douze ans.

— Je n'ai pas de fièvre, n'est-ce pas, docteur? disait-elle.

Et le docteur Jules, que cette absence de température rendait précisément soucieux, exagérait sa rondeur et sa bonhomie.

— Pas de fièvre du tout, mon enfant! Aussi, je suis persuadé que ce ne sera pas grave et que dans quelques jours vous serez debout...

Geneviève souriait, parce qu'elle savait bien qu'il mentait. Elle lui souriait encore tandis qu'il tapotait son front pour prendre congé et ce sourire ne se refroidit que lentement quand sa mère et le docteur restèrent à chuchoter derrière la porte.

La chambre était la plus petite de la maison, mais c'était une des rares à avoir des murs clairs, tendus d'un papier imitant la toile de Jouy. Au-dessus de la cheminée de marbre noir, il y avait dans un cadre ovale, noir et or, un portrait très ancien, celui d'une femme aux cheveux tirés en arrière, au corsage sévère, au cou prisonnier d'une haute guimpe.

Cette femme, à peine âgée de vingt-cinq ans, avait

les traits fins, plus fins que ceux de la mère de Geneviève, plus fins que ceux de Geneviève elle-même, et il existait dans l'album un autre portrait qui la montrait en tenue d'amazone.

C'était l'arrière-grand-mère de Geneviève ; elle avait occupé cette même chambre jadis, elle y était morte, très jeune, en donnant le jour à son premier bébé.

— ... C'est préférable, pour votre tranquillité et pour la mienne, concluait le docteur Jules, après avoir proposé d'appeler un spécialiste en consultation.

Il était embarrassé de sa trousse et de son chapeau melon. Il descendait l'escalier derrière Mathilde, en s'arrêtant toutes les deux ou trois marches pour parler.

On entendit une auto s'arrêter devant la porte, puis un coup de sonnette violent. Elise alla ouvrir, laissa dans le corridor une sorte de géant vêtu d'un costume de chasse et coiffé d'une casquette déformée.

— Au revoir, docteur... Merci d'être venu.

Il était dix heures du matin. En passant, Mathilde lança un regard furtif à Nicou, un des plus importants fermiers de la famille.

— Ma sœur va vous recevoir...

— Je sais !

Mais elle eut beau fixer la casquette du gars, il n'éprouva aucune gêne et la garda sur la tête. Elise redescendait, annonçait :

— Madame vous recevra dans quelques minutes...

On ne le faisait pas asseoir. On ne l'introduisait pas dans une des pièces, mais on le laissait debout dans la solitude froide et grise du corridor.

Quand sa mère revint près d'elle, Geneviève demanda :

— Jacques est allé à son étude ?

— Comme d'habitude, oui !

— Père est en haut ?

— Oui.

— Qui est-ce qui a sonné ?

— Un fermier qui vient voir ta tante.

Comme une malade, elle s'intéressait déjà avec minutie aux choses qui passaient hors de sa portée.

— Quand est-ce que le docteur reviendra ?

Mathilde mettait de l'ordre dans la pièce tandis que, dans sa chambre, Poldine s'habillait avec soin, comme pour aller en visite, avec sa robe de soie et son camée cerclé d'or. Quand elle fut parée, elle entra sans se presser dans le bureau où, contre un mur, elle avait installé un haut pupitre en bois noir appartenant à l'ancienne étude. Sur ce pupitre trônait un grand registre dans lequel elle était seule à écrire, parfois, à aligner des chiffres dans les colonnes.

Avant de sonner, elle fit l'inspection de la pièce, repoussa un fauteuil de tapisserie, arrangea des fleurs artificielles dans un vase, commanda enfin à Elise :

— Faites monter Nicou.

Celui-ci était à peine entré que, dans l'autre chambre, Geneviève murmurait :

— Tu t'en vas déjà, mère ?

— Chut !... Je reviens...

Et Mathilde resta sur le palier, le visage penché vers la porte du bureau. Elle entendit sa sœur qui prononçait avec sérénité :

— Asseyez-vous, je vous prie. Si votre casquette vous gêne, vous pouvez la confier à la domestique...

On savait qu'il le faisait exprès de garder sa casquette sur la tête, de se présenter chaussé de bottes crottées, alors qu'il s'habillait très proprement les jours de fête. Ce n'était pas une visite fortuite, mais le cinquantième épisode, peut-être, d'une âpre lutte qui durait depuis des années.

Malin, narquois, il restait là, sans rien dire, en se balançant sur sa chaise comme un ours et en regardant l'aînée des Lacroix avec des yeux pétillants d'une audace vulgaire.

— Je vous ai fait venir... commença-t-elle.

— Oh! faut pas vous gêner. Avec la voiture, on est si vite rendu...

— Vous avez vu que l'huissier a dressé un constat...

— Il a constaté que je refusais de payer, c'est vrai! Mais j'ai fait venir un autre huissier qu'a constaté les dégâts...

De son lit, Geneviève entendait à peine un murmure de voix. Mathilde, elle, ne perdait pas une phrase et elle pouvait prévoir chaque réplique.

Tout le bien des Lacroix était en maisons et en terres. On possédait, entre autres, dans un faubourg, une rue entière de bicoques ouvrières, toutes pareilles, qui faisaient penser aux bâtiments d'une caserne. On avait aussi des fermes et Nicou exploitait celle des Chartrins, la plus grande et la meilleure, pour laquelle il avait encore onze ou douze ans de bail.

— C'est pas parce qu'on vit à la campagne qu'on est plus bête que les autres, vous comprenez? disait-il. Vous avez peut-être pu « arranger » les vieux, mais, avec moi...

Il existait au dossier des Chartrins, un plein dossier

de papier timbré. Poldine, qui rédigeait elle-même les baux avec une minutie voluptueuse, était parvenue à glisser dans celui des Nicou une clause spécifiant que les réparations, y compris les réparations de toitures, étaient à charge du preneur.

C'était au temps où Nicou, valet de ferme aux Chartrins, était tout à l'orgueil de s'installer à son compte. Il avait signé pour ainsi dire sans lire. Puis, l'année d'après, il avait réclamé des réparations, car le toit des granges s'effondrait.

Des après-midi entiers, Poldine avait travaillé la question, et maintenant, à force de traîner les débats en longueur, il y avait soixante mille francs au moins de réparations à effectuer d'urgence.

— Vous connaissez Maître Bochard ? disait le paysan qui jubilait. Eh bien ! il faudra que vous vous arrangiez avec lui, parce que je l'ai pris comme avocat...

— Dans ce cas, il n'aura qu'à s'adresser à Maître Crispin, mon notaire...

Sur le palier, Mathilde était calme et froide comme quelqu'un qui accomplit sa tâche quotidienne. Elle savait que Nicou voulait acheter les Chartrins et que Poldine ne voulait pas vendre. Elle savait aussi qu'ils étaient d'aussi mauvaise foi l'un que l'autre.

— Vous m'avez extorqué ma signature, c'est vrai, mais mon avocat prétend que cela n'a pas de valeur, vu que la loi...

Léopoldine tressaillit. Mathilde tressaillit. Geneviève, dans son lit, tendit l'oreille. On venait d'entendre, dans la rue, le klaxon familier de la petite auto de Sophie.

La jeune fille, surprise de trouver une grosse voiture grise devant la porte, se rangeait derrière, frappait à l'huis d'une façon conventionnelle, demandait à Elise :

— Qui est-ce ?

— Un fermier... M. Nicou...

Sophie était aussi grande que sa mère, plus vigoureuse, avec une charpente solide, une chair drue et vulgaire, des traits fortement dessinés. Elise venait de rentrer des pommes et, en passant, la jeune fille en prit une, s'engagea dans l'escalier, trouva sa tante à l'écoute sur le palier.

— Maman est là ?

— Chut !... Va d'abord dire bonjour à Geneviève qui est malade...

Et Sophie, croquant sa pomme, mâchant des morceaux trop gros, sans souci des grimaces que cela lui faisait faire, entrait chez sa cousine, allait et venait d'une telle façon qu'elle troublait littéralement l'air autour d'elle.

— Qu'est-ce que tu as ?

— On ne sait pas.

— Où as-tu mal ?

— Je n'ai pas mal. Ce sont les jambes.

— Qu'est-ce qu'elles ont, tes jambes ?

Et Sophie, qui boitait, jouissait férocement d'une santé agressive, marchait encore, dérangeait des objets sur la table, retirait des vêtements d'une chaise pour s'y asseoir.

— Tu as réussi ? lui demandait doucement Geneviève.

— Parlons-en ! Ton père peut se vanter d'y connaître quelque chose en peinture ! Pour rafistoler les tableaux, je ne dis pas... Mais pour le reste...

C'était la dernière toquade de Sophie. Elle en avait une nouvelle tous les ans ou tous les deux ans. D'abord, elle s'était jetée goulûment sur la musique, faisant huit ou dix heures de piano par jour et torturant l'un après l'autre les professeurs de la ville. Puis, un beau jour, elle s'était mise à chanter, et, en fin de compte, elle avait décidé d'étudier la peinture. Elle s'était installée, presque de force, dans l'atelier de son oncle, là-haut, où, des mois durant, elle avait manié les couleurs avec la violence qu'elle apportait en toutes choses.

Maintenant, elle revenait de Paris, où elle avait montré des échantillons de sa production dans les galeries et chez les marchands. Elle était furieuse.

— Ils m'ont dit qu'on peignait comme cela il y a quarante ans, et encore, dans les académies de province !...

Elle se leva, ouvrit la porte, demanda à sa tante :

— Il n'est pas encore parti ?

— Chut !...

La discussion, en effet, s'était envenimée. Nicou criait, tout fier d'élever la voix dans cette maison.

— ... Quand on n'a pas d'argent pour payer les réparations, on vend son bien, voilà ce que je dis... Il ne faudrait pas croire que vous m'impressionnez encore avec vos airs... Et quand je prétends que les Chartrins seront à moi...

Sophie haussa les épaules, entra, frôla Nicou en passant, tendit les joues à sa mère et prononça :

— On l'entend dans toute la maison... Qu'est-ce que tu attends pour le mettre à la porte ?

*

Il n'y avait qu'un bol de lait sur la table de nuit car, à tout hasard, le docteur avait mis Geneviève à la diète. La chambre donnait sur le jardin et les branches nues d'un arbre se découpaient en noir sur la mousseline pâle des rideaux.

Sans bouger, Geneviève entendait tout, reconnaissait les différents bruits, démêlait le sens des allées et venues. Elle attendit longtemps le coup de sonnette de Jacques qui semblait toujours pressé, son pas dans le corridor, le frémissement du portemanteau sur lequel, de loin, il jetait son pardessus et la phrase qu'il ne manquait pas de lancer à Elise :

— Qu'est-ce qu'on mange ?

Pendant près d'un quart d'heure, Sophie, aidée de la bonne, avait retiré les toiles et les châssis de sa voiture, et on avait rangé le tout dans l'ancienne étude devenue un débarras.

Quand la sonnette du déjeuner tinta, Vernes descendit et sa démarche était caractéristique aussi, hésitante, furtive, au point qu'il y avait comme des trous dans le bruit de ses pas et qu'on se demandait parfois s'il s'était arrêté.

Sur le palier, il marqua un temps et Geneviève resta en suspens, fut heureuse quand la porte s'ouvrit et quand son père entra, avec sa veste de velours, sa lavallière, ses cheveux qui devenaient rares, ses fines moustaches aux pointes tombantes.

— Comment te sens-tu, Viève ?

On avait toujours l'impression de le voir de profil, tant il était fuyant. De même il prononçait les mots légèrement, sans appuyer sur les syllabes.

— Qu'a-t-il dit ?

— Le docteur ? Il a dit que ce n'était pas grave...

— Sophie est rentrée, n'est-ce pas ?

— Elle n'a pas eu beaucoup de succès.

— Ah !

Il n'osait pas s'asseoir, ni s'arrêter. Il ne faisait que

passer. Il craignait qu'on le retînt. D'autre part, il avait un peu honte de s'en aller ainsi...

— Je crois que voici ton frère...

C'était l'excuse. Il se retirait. Il promettait :

— A tout à l'heure...

Il s'effaçait pour faire place à Jacques et disparaissait dans l'escalier, cependant que le jeune homme se laissait tomber au bord du lit.

— Tu l'as vue ? lui demandait Geneviève. Qu'est-ce qu'elle a dit ?

— Nous n'avons même pas pu nous parler ! Je lui ai fait comprendre, par gestes, que c'était remis... Alors, la jument est de retour ?

— Jacques !

— Tu ne voudrais pas que je la ménage, non ? Est-ce qu'elle nous ménage, elle ? Elle a soin, pour me faire mal au cœur, de laisser sa voiture toute la journée devant la porte.

— Qu'est-ce qu'il a dit ?

— Qui ?

— Père...

— Tu as bien vu... Il n'a rien dit... Il paraît plus sombre que d'habitude...

— Tant pis pour lui !

— Jacques !

— J'en ai assez ! Qu'est-ce que tu veux ? Si c'était un homme, il ne se laisserait pas arranger comme il le fait et surtout il ne nous sacrifierait pas. Toi, tu ne sors pour ainsi dire pas. Cela finit par te paraître naturel de vivre dans cette maison, comme on y vit. Moi, chaque fois que je reviens de la ville et que je tourne le coin de la rue, j'ai la poitrine qui se serre...

— Tout le monde est déjà à table, Jacques.

— Je m'en f... !

— C'est sur père que cela retombera !

— Cela m'est égal. Je suis resté à cause de toi, mais je te préviens que je ne patienterai plus longtemps. Une fois, j'ai rêvé que je frappais à tour de bras le visage de tante Poldine, que je griffais, que je mordais, que je déchirais...

— Tais-toi, de grâce !

— Eh bien ! je me demande si un jour...

Il avala machinalement une gorgée de lait. Comme Sophie, il avait toujours faim, toujours soif, toujours envie de quelque chose et, ce jour-là, Geneviève fut frappée de voir que son frère et sa cousine avaient les mêmes lèvres charnues, le même nez bulbeux, les mêmes yeux à fleur de tête.

— Descends, Jacques ! Cela va provoquer une scène...

Il haussa les épaules et sortit, revint sur ses pas pour demander :

— Tu ne veux pas que je te monte à manger ?

— Non ! Merci. Je n'ai pas faim.

Elle l'entendit entrer dans la salle à manger, remuer une chaise, heurter un plat ou une assiette. Alors il sembla que le calme naissait enfin autour d'elle, que la chambre devenait plus claire, l'air plus limpide, d'une qualité rare. Elle remua les épaules pour mieux les enfoncer dans la chaleur de ses oreillers et ses lèvres frémirent.

— Je vous salue, Marie, pleine de grâce...

Son regard, après avoir erré un instant sur les petites fleurs de la tapisserie, se fixait machinalement sur le portrait dans le cadre noir et or.

— ... Vous êtes bénie entre toutes les femmes et Jésus...

Elle réalisait seulement son bonheur d'être là, toute seule dans sa chambre, au lieu de se trouver avec les autres dans la salle à manger.

— ... maintenant et à l'heure de notre mort, ainsi soit-il.

La femme du portrait était morte, dans cette chambre, dans ce lit. Et sans doute Geneviève y mourrait-elle ? Peut-être serait-ce bientôt ?

— ... maintenant et à l'heure de notre mort...

Peut-être aussi que plus tard il y aurait une autre jeune fille à sa place, une jeune fille qui prierait en regardant le portrait.

— ... pleine de grâce... priez pour nous, pauvres pécheurs...

Elle répéta :

— ... pauvres pécheurs...

Et le miracle se produisait. Son corps devenait léger, comme son esprit. Les images se brouillaient devant ses yeux, juste assez pour que la jeune fille du portrait ressemblât à la Vierge de l'église et que ses traits prissent vie.

— ... pleine de grâce...

Il ne faudrait plus qu'un rien, très peu de chose, un effort encore pour arriver à... Elle ne savait pas à quoi... A une réussite définitive, surhumaine.

— ... maintenant et à l'heure de notre mort...

Ses yeux picotaient. Ses doigts étaient croisés sur la couverture, tout blancs comme ceux d'une morte.

Soudain elle se raidit, regarda vivement vers la porte, ouvrit la bouche. Il ne s'était rien passé. Elle n'avait rien entendu. Mais il y avait eu un choc en elle, comme la veille, dans la salle à manger, quand elle avait crié, comme la fois où elle avait crié aussi alors que sa cousine n'était pas encore tombée de l'échelle.

La porte était fermée et Geneviève ne parvenait pas à se détendre. Elle attendait, haletante. Elle voyait enfin tourner le bouton de faïence. Elle apercevait un visage, des moustaches, des yeux peureux et elle murmurait rassurée :

— C'était toi !

Elle fermait les yeux. Elle les rouvrait et voyait son père assis à côté du lit, son père qui la regardait avidement, mais qui détourna la tête dès qu'elle souleva les paupières.

— Père... balbutia-t-elle.

Sa main cherchait, sur les draps, la main de Vernes. Geneviève était troublée, parce que son angoisse ne se dissipait pas tout à fait. Elle se tournait à nouveau vers la porte, qui était close. Elle disait, en atteignant enfin des doigts crispés :

— Qu'est-ce que tu as ?

Et son père se laissait aller sur le lit, enfouissant sa tête dans l'oreiller, pleurait, comme il l'avait fait la veille dans le corridor. Il pleurait mal. C'était pénible. On sentait que cela lui déchirait la gorge, que les sanglots ne voulaient pas sortir.

— Père...

— Tais-toi ! soufflait-il avec un geste apeuré.

— Je t'assure que je ne suis pas si malade...

— Tais-toi !

— Je te jure, père, que je ne veux pas mourir, que je ne mourrai pas...

Il n'en pouvait plus. Il la suppliait de se taire enfin, de ne pas le torturer davantage.

— Tu verras, père, que tout cela s'arrangera...

Et là-dessus, Jacques entrait, son père se redressait vivement, honteux, effrayé, cherchant en vain une contenance.

— Qu'est-ce que tu veux ? demanda-t-il en regardant ailleurs.

— Rien. Je venais embrasser ma sœur...

Il y avait de la méfiance dans les yeux du jeune

60

homme, une absence totale d'affection à l'égard de son père. Il attendit le départ de celui-ci, questionna Viève.

— Qu'avait-il? Qu'est-ce qui l'a pris?

— Je crois qu'il se fait du mauvais sang à mon sujet. Il se figure que je vais mourir...

Jacques émit un grognement dubitatif.

— Qu'est-ce que tu penses, toi? demanda sa sœur.

— Toujours la même chose! Il existe un secret entre lui et notre tante. Peut-être que mère en est aussi? En tout cas, c'est un secret terrible, peut-être un crime?

Sur le palier, Sophie parlait à sa mère de sa voix qu'on reconnaissait de loin entre toutes les autres.

— Tu veux que je te conduise en auto?

— Non.

— Je ne peux pas aller avec toi?

— Non.

— Qu'est-ce que c'est, ce paquet-là?

Le frère et la sœur se regardèrent, puis Jacques haussa les épaules avec l'air de dire : « Que veux-tu qu'on y fasse? »

Il sortit, passa devant sa tante sans la saluer, s'arrêta devant Elise qui astiquait la boule de cuivre du bas de l'escalier et, contemplant sa large face d'un rose presque artificiel, grommela :

— Ben, ma vieille...

*

Sa mère partie, Sophie se déchaîna. Pendant une demi-heure, elle tapa à tour de bras sur le piano qu'on avait installé pour elle dans le salon. Elle ne jouait aucun air, mais des ritournelles qui lui passaient par la tête et dont les accords allaient se heurter à tous les murs de la maison.

Pendant ce temps, Mathilde devait être occupée à coudre, dans la pièce qu'on appelait l'ouvroir, depuis toujours, peut-être depuis l'arrière-grand-mère. Chacun, dans la maison, avait sa place, son alvéole. Sophie seule échappait à la discipline commune, pouvait aller et venir à sa guise, presque toujours hargneuse et bruyante, plus désagréable encore quand elle était de bonne humeur, car alors elle n'avait plus de frein.

— Elise !... Elise !... l'entendit-on appeler à tous les échos.

La voix d'Elise répondit à la cave, où on lui avait commandé de mettre de l'ordre dans les vieilles caisses. La servante dut monter, se laver les mains, changer de tablier pour aider Sophie à bouleverser les meubles de sa chambre, qui était voisine de celle de Geneviève.

— Attention, idiote, tu me fais pincer les doigts !... Pas si fort, te dis-je... A droite... Là !... Maintenant, va me chercher une échelle...

— Elle est au fond du jardin...

— Eh bien ! va la chercher...

Geneviève ne bougeait pas. Sa mère, penchée sur son ouvrage, comptait des points en remuant silencieusement les lèvres et en tressaillant à chaque nouveau vacarme.

Là-haut, en sûreté, derrière sa porte close, Emmanuel Vernes continuait sans passion un tableau qu'il avait commencé et qui, comme tous ceux qu'il peignait depuis des années, représentait les toits de la ville.

C'était le panorama qu'il avait sous les yeux, toits gris en ardoises, cheminées étroites ou trapues, avec un clocher d'église sur la droite et une cour carrée dans le lointain. L'éclairage changeait, les reflets, le ciel, les nuages.

Sur un autre chevalet était posé un petit tableau de l'école de Teniers, mais, une fois pour toutes, près de vingt ans plus tôt, Vernes avait décidé de ne consacrer que la matinée à la restauration des tableaux anciens et de réserver l'après-midi à son art.

Il peignait assis, de petites toiles exclusivement, avec des brosses fines, des pinceaux de martre. De temps en temps, il rallumait sa cigarette qu'il laissait éteindre aussitôt, si bien qu'autour de lui le sol était jonché d'allumettes.

Il faisait son ménage lui-même, et comme il avait facilement le sang aux pommettes, il craignait toujours d'être tuberculeux.

Les tonnerres de Sophie ne parvenaient pas jusqu'à lui, ou plutôt ne lui arrivaient que comme une rumeur anonyme et ainsi il pouvait, des heures durant, ressasser les mêmes pensées.

Au fond de l'atelier, par terre, contre le mur, un tableau n'avait pas changé de place depuis dix-huit ans et personne n'avait osé y toucher. C'était un portrait inachevé de Léopoldine, une Léopoldine de trente ans, debout, une main à plat sur un guéridon d'ébène incrusté de nacre.

Emmanuel, malhabile à traiter la figure humaine, avait travaillé ce portrait à la manière des tableaux qu'on fait faire aux élèves d'après les plâtres. Léopoldine, plus grande que nature, avait la rigidité des statues antiques, le même ton crayeux, que faisait encore ressortir une robe d'un rose trop tendre.

Seul un petit morceau de la toile vivait réellement, cette main posée à plat, une main disproportionnée, monstrueuse, au pouce si large qu'on ne pouvait le croire vrai.

Le vacarme se rapprochait. Sophie arrivait, accompagnée d'Elise, se faisait ouvrir la porte.

— Je te rends tes châssis... Je n'en ai plus besoin...

Et elle se campait devant la toile de son oncle, haussant les épaules, commandait à la servante :

— Pose ça n'importe où !

Quand elle redescendit, Mathilde ferma sa porte qu'elle avait entrouverte pour écouter. Puis elle la rouvrit, car Elise était encore là-haut, et elle ne la referma définitivement que quand Emmanuel fut seul dans l'atelier.

— Tu ne t'ennuies pas ? demanda Sophie à sa cousine.

— Non. Et toi ?

— Je me demande ce que ma mère est allée faire au Havre. Elle n'a pas voulu que je la conduise en auto. Qu'est-ce qu'il y a encore eu, ces temps-ci ?

— Je ne sais pas.

— Ne fais pas de mystères ! Je sens bien que cela va plus mal que jamais. Ta mère a son mauvais sourire en coin et tient la tête de travers, ce qui est un signe. Quant à ton père... Tu ne manges pas cette poire ?

Elle la mangea, mastiqua, fit des grimaces, alla regarder par la fenêtre, sortit enfin en soupirant :

— Quelle maison !

La nuit tombait. Geneviève ne pouvait atteindre le commutateur électrique et personne ne songea à venir lui donner de la lumière. Là-haut, il se passa au moins une demi-heure avant qu'Emmanuel songeât à allumer la lampe. Quant à Mathilde, maintenant, elle cousait à la machine et on percevait le frémissement continu des parquets.

Poldine, elle, frôlait de la vie anonyme. Elle avait pris le train. Des gens parlaient et fumaient dans son compartiment. Un paysan aux yeux farceurs l'avait regardée plusieurs fois à la dérobée et avait poussé son voisin du coude. Mais cela ne pouvait rien contre le bloc rigide qu'elle formait dans son coin.

Elle avait marché dans des rues où flottait un fin brouillard venu de la mer et elle était entrée dans une pharmacie déserte où on l'avait vue mystérieusement penchée vers le pharmacien.

Maintenant, elle attendait, dans une pâtisserie. Elle avait commandé du thé. La serveuse avait placé des gâteaux devant elle, mais elle ne les regardait même pas. On avait allumé les lampes électriques et il y avait des glaces tout autour de la pièce. Une maman essuyait la bouche d'une petite fille. Des gens passaient derrière la vitre. Un tramway sonnaillait.

Rien n'atteignait Léopoldine, qui pouvait rester des heures ainsi, sans bouger, renfermée en elle-même.

Le pharmacien avait dit :

— Passez dans une bonne heure.

Et elle consultait parfois sa montre-bracelet. Quand il fut l'heure, exactement, elle choisit des pièces de monnaie dans son sac pour payer le thé, sortit sans se retourner, marcha à pas égaux le long des maisons et tourna enfin le bec de cane de la pharmacie.

Ce n'était pas le pharmacien qui était là, mais une aide en blouse blanche. Elle devait être prévenue, car elle dit :

— Vous voulez me suivre par ici ?

Elle la fit entrer dans un laboratoire minuscule où il n'y avait en fait de siège qu'un haut tabouret et dont le pharmacien referma la porte.

— Je suppose que, si vous m'avez donné ce potage à analyser, c'est que vous aviez des soupçons.

L'homme était barbu, mal soigné, avec du gras dans sa barbe. Poldine le remit tranquillement à sa place.

— Vous avez le résultat de l'analyse ?

— En ce sens que j'ai relevé des traces d'arsenic... Surtout, n'allez pas vous méprendre et me faire dire ce que je n'ai pas dit... Il s'agit de traces... Vous entendez : des traces !

— Assez pour empoisonner quelqu'un ? prononça-t-elle sans se démonter.

— Jamais de la vie ! La quantité est beaucoup trop faible ! Je crois même que la personne qui aurait bu cette soupe ne s'en serait pas ressentie. Peut-être de légers malaises ?... Ce n'est pas sûr !... Mais, évidemment, à la longue...

— Vous voulez dire qu'à force de boire de la soupe empoisonnée...

— C'est ce qui est arrivé voilà une dizaine d'années à Falaise où une femme a mis six mois et plus à tuer son mari...

— Combien vous dois-je ?

— Puis-je vous demander si vous comptez...

— Combien vous dois-je ? répéta-t-elle en ouvrant son sac.

— Vingt francs. La situation est un peu délicate et...

— Voici, monsieur ! Merci.

Elle resta assise une demi-heure dans la salle d'attente des secondes classes. Elle prit le train, n'acheta pas de journal et regarda devant elle durant tout le trajet.

Il était sept heures moins cinq quand elle arriva chez elle, mais elle ne mit pas plus de cinq minutes à se changer, descendit à la salle à manger dès le coup de sonnette, s'assit, vérifia si chacun était à sa place.

Vernes paraissait souffrant. Jacques regardait fixement son assiette. Sophie mangeait déjà son pain.

Poldine, avec des gestes de tous les jours, plongea la louche d'argent dans la soupière, servit chacun, sauf elle, et articula en observant son beau-frère :

— Le médecin m'a recommandé de ne plus prendre de soupe.

Emmanuel leva vivement la tête. Aussi vivement, Mathilde tourna les yeux vers lui, puis vers sa sœur.

Sophie dit, la bouche pleine :

— Tu as peur de grossir ?

Quant à Jacques, il se leva brusquement, jeta sa serviette sur sa chaise et lança, avant de se diriger vers la porte :

— Zut ! Ça recommence...

Furieux, découragé, il monta chez sa sœur.

Deuxième partie

I

C'était le quatrième jour après que Geneviève s'était couchée. Depuis quarante-huit heures, déjà, on aurait pu s'apercevoir que Mathilde n'était pas dans son assiette.

Vers onze heures du matin, elle quitta la chambre de sa fille, comme si elle ne s'éloignait que pour un instant. Elle entra chez elle et trouva Elise occupée à faire le lit. Il était difficile d'être plus bornée qu'Elise et pourtant Mathilde sentit que la fille la regardait avec une arrière-pensée. Un rayon de soleil, qu'on n'avait plus vu depuis plusieurs jours, coupait la chambre en diagonale et éclairait le tumulte de millions de grains de poussière qui montaient des matelas remués.

— Eh bien ! qu'est-ce que vous attendez ?

Car Elise avait marqué un temps d'arrêt dans son travail.

— Rien, Madame.

Mathilde hésita encore un peu. Comme la fenêtre était ouverte elle s'en approcha, regarda le grand marronnier sans feuilles, les pavés de la cour, le carré de terre noire au milieu, d'où s'élevait le fût de l'arbre, puis le toit en pente de l'écurie, le mur de briques rousses avec une poulie au-dessus de la porte du grenier.

Enfin elle se décida, sortit de la chambre, traversa le couloir et entra dans le bureau de sa sœur.

Il était vide. Et, parce qu'il était vide...

*

A l'origine, il y avait le geste de Jacques qui, l'avant-veille au dîner, s'était levé brusquement, comme quelqu'un qui étouffe et était sorti de la salle à manger en grommelant :

— Zut !... Ça recommence...

Là-haut, sa sœur n'avait rien pu en tirer d'autre. Têtu, buté, le regard fixe, la bouche hargneuse, il répétait :

— Puisque je te dis que j'en ai assez ! Ce n'est pas clair, non ?

— Que s'est-il encore passé, Jacques ?

— Est-ce que je sais, moi ? Est-ce que quelqu'un sait ? Est-ce que quelqu'un dans la maison s'y retrouve dans ces mystères, ces mines équivoques, ces allées et venues et ces mots à double sens ? J'en ai assez, là !

— Jacques !

Il ignorait qu'on l'entendait d'en bas. Certes, on ne comprenait pas ce qu'il disait, mais on saisissait le rythme des syllabes, le mouvement haineux des phrases.

— Naturellement, c'est le moment que tu choisis pour tomber malade, si bien que je ne peux plus partir sans être considéré comme une brute... Et s'il t'arrivait quelque chose, je parie qu'on prétendrait que c'est ma faute...

Poldine seule osait regarder carrément le plafond qui tremblait sous les pas de Jacques.

Le silence dura plus longtemps autour de la table et quand des mots furent prononcés par Poldine, ce le fut d'une voix neutre, presque trop douce :

— Tu le laisses faire ? demandait l'aînée à sa sœur.

Mathilde baissa la tête. Elise eut le temps de servir des pommes de terre en robe de chambre et chacun, se brûlant les doigts, fut occupé à les éplucher du bout de son couteau.

— J'espère que cela n'arrivera plus, reprit, au moment où on s'y attendait le moins, la voix de Poldine. J'aime croire aussi que tu obtiendras de lui qu'il nous fasse des excuses...

Mathilde se cabra, regarda sa sœur dans les yeux et, devenant plus pâle, prononça :

— Cela me regarde.

Alors il se passa qu'à mesure que Jacques, là-haut, se calmait, le ton de la discussion montait, dans la salle à manger, au point que Viève murmura :

— Chut !... Ecoute...

Sophie s'en mêlait. Elle devait être debout, marcher à travers la pièce, elle aussi, car sa voix arrivait de directions différentes.

Peut-être les nerfs étaient-ils tendus depuis longtemps. C'était soudain l'éclat vulgaire, la discussion sordide. Mathilde tenait tête.

— Je ne prétends pas que Jacques soit bien élevé, mais il l'est certainement autant que Sophie...

Emmanuel mangeait du bout des lèvres. Jacques, sarcastique, s'était posté au-dessus de l'escalier pour mieux entendre. Elise dînait sur un coin de la table de cuisine, en sursautant à chaque nouvel éclat comme si elle eût couru un véritable danger.

— Voilà assez longtemps que tu nous tyrannises...

— Est-ce moi qui te retiens ici ?

On n'était jamais tombé aussi bas. On remontait loin dans le passé pour remuer de vilains souvenirs et les reproches fusaient, mesquins, amers comme des relents d'indigestion.

Emmanuel fut le premier à monter se coucher. Mathilde, blême et encore frémissante, ne fit qu'entrouvrir la porte de sa fille :

— Toi, dit-elle à Jacques, va dans ta chambre... Non ! Plus un mot... Bonsoir, Geneviève...

Sophie ne vint pas embrasser sa cousine, mais, jusqu'à onze heures du soir, elle mena grand bruit.

Et le lendemain, toute la maison en avait la gueule de bois. Les repas eurent lieu en silence. Seules Poldine et sa fille affectaient d'échanger quelques paroles.

Tout était gris, maussade. Tout était laid, d'une laideur triste, et la visite du spécialiste que le docteur Jules avait fait venir de Paris n'arrangea pas les choses.

C'était un homme d'une cinquantaine d'années qui ne perdait pas son temps en formules de politesse et qui ne se donnait pas la peine de répondre aux questions inutiles.

Dans le corridor du rez-de-chaussée, déjà, il maugréa :

— Naturellement, la maison n'est jamais aérée ! Cela pue le renfermé...

Et, avec un regard sans tendresse pour Poldine et sa sœur, il ajouta :

— Où est la jeune fille ?

Il entra dans la chambre, tourna en rond avec mauvaise humeur et on comprit ce qu'il cherchait quand il grogna :

— On peut se laver les mains ?

Mathilde s'empressa d'ouvrir une porte, découvrant un placard où il y avait une table et, sur cette table, un broc de faïence à fleurs et une cuvette.

— Je vais vous donner une serviette propre...

— S'il vous plaît, oui ! Mais vous feriez mieux d'avoir l'eau courante...

Il était grand et fort et sa masse rendait plus frappante l'exiguïté du cabinet.

— Vous croyez vraiment qu'on peut se laver ici dedans ?

Il fut aussi désagréable jusqu'au bout, tandis que le vieux docteur Jules, derrière son dos, expliquait par gestes que c'était son genre et qu'il ne fallait pas y faire attention.

— Déshabillez-la.

— Mais, docteur...

— Je vous dis de la déshabiller. Ensuite, vous sortirez.

— Mais...

Force fut à Mathilde et à Poldine de quitter la chambre et d'attendre sur le palier. La consultation dura près de deux heures. On n'entendait aucun bruit. De temps en temps, seulement, une voix qui disait :

— Je vous fais mal ?

Ou encore :

— Toussez... plus fort... Bon ! Maintenant, respirez... Levez-vous... N'ayez pas peur : je vous dis de vous lever...

Il fallut descendre pour arrêter le piano que Sophie mettait en branle.

Enfin le docteur ouvrit la porte, demanda :

— Où peut-on écrire ?

— Par ici, monsieur le Professeur, s'empressa Poldine en ouvrant le bureau.

Il continuait à regarder autour de lui comme un commissaire-priseur, l'air réprobateur et dégoûté.

— Vous prendrez bien un petit verre, n'est-ce pas ?

— Non !

Il écrivait. Il remplit trois pages d'une écriture serrée, les laissa là, sur le haut pupitre de bois noir, se tourna vers la porte pour signifier que c'était fini.

— Qu'est-ce que je vous dois, docteur ?

— Deux mille francs.

Et on ne respira à nouveau que quand il fut parti. Il n'avait rien dit. Il ne s'était montré ni rassurant, ni alarmant. Il s'était contenté de prescrire un régime minutieux, des soins compliqués, qui s'échelonnaient sur presque toutes les heures de la journée.

Léopoldine et sa sœur ne s'étaient toujours pas adressé la parole. Cette visite au lieu d'effacer le souvenir de la scène de la veille, n'avait fait qu'accroître la rancœur ambiante.

— Qu'est-ce qu'il t'a dit ? demanda Mathilde à sa fille.

— Rien, maman... Simplement qu'il me mettait en observation et que je devais noter avec soin tout ce que je ressentais...

Ce soir-là, Vernes entendit sa femme renifler plus longtemps que de coutume. Il ne savait pas qu'un peu plus tôt elle était entrée dans la chambre de Jacques, qui l'avait accueillie d'un regard sans amour.

— Tu devines ce que je suis venue faire, n'est-ce pas ? avait-elle murmuré en penchant la tête, ce qu'il nota du premier coup d'œil.

— Non, mère.

— Hier, tu as quitté la table d'une façon inadmissible. Ta tante exige des excuses. Je suis venue te demander...

— Je ne ferai pas d'excuses.

— Jacques ! Si c'est moi qui te supplie...

— Ni toi, ni personne. Je ne ferai pas d'excuses, un point, c'est tout !

Il prévit qu'elle allait pleurer et se hâta d'ajouter :

— Même si tu te mettais à genoux !

Et il alla ouvrir la fenêtre.

*

Voilà où on en était. Cela n'avait pas empêché Mathilde, le matin, de donner ses soins à Geneviève et d'être une infirmière patiente et douce.

— Tu ne souffres toujours pas ?

— Non, mère...

— Tu es sûre que tu ne peux pas marcher ? Tu as essayé ?

— Ce n'est pas la peine d'essayer, mère ! Je ne marcherai jamais plus, je le sens. J'ai bien vu que le professeur pensait comme moi...

Sa mère lui avait mis du linge propre, avait ouvert la fenêtre pendant quelques minutes pour renouveler l'air.

— Tu ne veux pas lire quelque chose ? Tu ne t'ennuies pas ?

— Non, mère...

Ainsi, c'était bien parti du geste de Jacques, de sa sortie bruyante. Les autres petits faits n'étaient que des maillons.

Personne ne pouvait savoir ce que Mathilde avait pensé en regardant dans la cour, par la fenêtre de sa chambre, tandis qu'Elise remuait les matelas qui prenaient des formes de monstres.

Au moins, Mathilde avait-elle son sourire mince et

dolent, la tête penchée sur l'épaule gauche, les mains croisées devant elle.

Quand elle poussa la porte du bureau, elle vit tout de suite qu'il n'y avait personne et il lui sembla que le feu s'était éteint, faute de soins, ce qui arrivait rarement.

Elle aurait pu dire, comme d'habitude :

— Tu es là, Poldine ?

Or, si elle ne le fit pas, ce ne fut pas un hasard absolu. Certes, elle était décidée à un geste d'apaisement. Elle y pensait déjà la veille dans son lit. Elle avait préparé les mots qu'elle dirait, mais sans prendre une attitude humble ou contrite :

— J'ai parlé à Jacques...

Et sa sœur ne dirait rien, pour ne pas l'aider. Elle attendrait froidement.

— Tu sais comment sont les jeunes gens... Il regrette ce qu'il a fait, mais il ne veut pas le reconnaître devant toi... Je te demande de ne plus y penser...

C'était tout. Pour des étrangers, cela n'avait probablement pas de sens. Mais Poldine comprendrait. D'ailleurs, Poldine attendait cela, devait être aussi anxieuse que sa sœur.

Mathilde ne portait jamais de semelles de cuir dans la maison. C'était même ce qui avait provoqué la scène de l'atelier, jadis, puisqu'elle avait pu atteindre le dernier palier sans être entendue, malgré la porte entrouverte et l'absence de tapis.

Cette fois, elle franchit les quatre mètres qui la séparaient de la chambre de sa sœur, hésita, malgré tout, la main sur le bouton de porcelaine.

Elle agit enfin, poussa la porte. Et Poldine, qu'elle voyait de dos, debout devant la cheminée, se retourna d'une seule pièce, si saisie qu'elle lâcha un objet de verre qui se brisa sur le parquet.

— Qu'est-ce que tu veux ? s'écria-t-elle.

— Je te demande pardon... Je venais te dire...

Mais elle était aussi surprise que sa sœur et ne pouvait plus parler. Poldine s'était baissée. Malthilde voulut se baisser aussi, ramasser les éclats de verre.

— Laisse-moi !

— Je ne savais pas, je te jure...

Elle ne savait surtout plus que qu'elle disait. Elle avait eu le temps, quand son aînée s'était retournée, de reconnaître l'objet qu'elle tenait : une éprouvette comme elle en avait vu à l'école, au cours de chimie.

L'éprouvette n'était pas vide. Mathilde avait la certitude que le liquide qu'elle contenait était transparent, légèrement teinté de jaune.

Sur la cheminée qui, dans cette chambre, était de marbre blanc, de style Louis XVI, on voyait plusieurs fioles et, tout à côté, le réchaud du fer à friser était allumé, répandant une fade odeur d'alcool à brûler.

— Qu'est-ce que tu faisais ?

Poldine, incapable de contenir davantage sa colère, éclata :

— Et toi, qu'es-tu venue faire ici, hein ? Qu'est-ce que tu voulais encore espionner ?

— Poldine, je t'assure... Je ne savais même pas...

— Qu'est-ce que tu ne savais pas ?

Mathilde reculait. Elle ne s'était pas préparée à une situation pareille et, quand elle fut sur le pas de la porte, Poldine poussa violemment l'huis, donna un tour de clef.

Tel était le nouvel événement, qui venait de se dérouler par un des rares matins de soleil, à l'heure où la maison, d'habitude, faisait, avec sa toilette, relâche de méchanceté.

Il y avait une éprouvette et des fioles dans la chambre de Poldine ! Celle-ci, surprise, avait été si émue qu'elle en avait laissé tomber ce qu'elle tenait à la main !

Rentrée chez elle, Mathilde mit Elise dehors.

— Laissez... Je finirai moi-même...

La fenêtre était toujours ouverte. Des feuilles mortes mouchetaient de roux le vide de la cour.

Mathilde avait des yeux bleu clair qui, quand elle réfléchissait, tournaient au gris.

Au déjeuner, ses yeux étaient plus gris que jamais, cependant que Poldine affectait de s'entretenir paisiblement avec sa fille. Emmanuel, lui, était si fiévreux qu'on se demandait ce qu'il pouvait faire là-haut toute la journée, car il était certainement incapable de peindre.

Quant à Jacques, son attitude était devenue ouvertement hostile. Certes, il assistait encore aux repas, mais il s'asseyait lourdement, en faisant traîner sa chaise, mangeait les coudes sur la table, indifférent à ce qui se passait autour de lui.

Sans doute ne se considérait-il déjà plus comme faisant partie de la maison ? Il y restait un certain temps, parce que sa sœur était malade et l'en avait supplié, peut-être aussi parce qu'à force d'attendre il avait désormais quelque peine à prendre une décision.

Deux fois, sa cousine essaya de l'attaquer, mais il ne répondit pas, se contenta de la regarder avec l'air de dire : « Comme tu voudras... Moi, cela ne me gêne pas... Continue et la bataille recommencera... »

L'après-midi, Poldine fit des courses en ville, refusant une fois de plus que sa fille la menât en auto.

« Sans doute, pensa Mathilde, va-t-elle remplacer l'éprouvette brisée... »

Faute de Poldine, les heures furent calmes. Les soins à donner à Geneviève en occupaient déjà une bonne part. Sophie, par exception, ne fut pas trop bruyante. C'est à peine si elle resta un quart d'heure au piano. Ensuite, dans le bureau de sa mère, elle écrivit à une amie du Berry, fit enfin une apparition chez sa cousine.

— Tu n'as pas trop à te plaindre !... Tu es dans ton lit, c'est vrai, mais tes jambes ne sont pas dans le plâtre, comme c'était mon cas... Tu ne veux pas lire ?

— Non...

— Cela me fait penser que je n'ai pas encore coupé mon feuilleton...

On ne recevait qu'un journal, un journal local, car ce qui intéressait Poldine, c'étaient les foires et marchés, les cours des produits agricoles, les louées, les ventes de terrains et d'immeubles.

Le facteur des imprimés le jetait dans la boîte aux lettres chaque matin vers huit heures et, de la salle à manger, on entendait le bruit que le journal faisait en tombant, puis le heurt de la boîte qui se refermait.

Il était admis — sans raison, d'ailleurs, simplement parce que cela s'était toujours fait ainsi — que Vernes, son petit déjeuner terminé, était le premier à prendre la feuille. Mais il ne la montait pas chez lui. Debout dans le corridor, il parcourait la première page, lisait les titres, jetait un coup d'œil à la dernière heure.

A ce moment, le journal était déposé sur le buffet, près du compotier en cristal taillé. Il était à la disposition de chacun, mais, à vrai dire, personne ne le dépliait.

C'était seulement à une heure et demie, le déjeuner terminé, que Poldine en prenait possession et le montait dans le bureau.

Dans le courant de l'après-midi, généralement à l'heure où on allumait les lampes, elle étudiait les nouvelles qui l'intéressaient et elle avait même entrepris, d'après les cours publiés, une étude minutieuse de ce que chacune des fermes Lacroix rapportait aux fermiers. Tant de beurre à tant... Tant d'œufs... Tant de ceci et tant de cela... Tant pour la nourriture des bêtes... Il y avait un calepin rien que pour ces statistiques !

Les avatars de la feuille locale n'étaient pas finis. Le journal prenait en effet place sur un guéridon placé entre les deux fenêtres aux rideaux de velours cramoisi.

Et là, il pouvait y avoir dix, quinze numéros les uns sur les autres, selon la fantaisie de Sophie. C'était elle qui, quand l'envie lui en venait, s'emparait du tas, découpait les feuilletons qu'elle cousait ensemble lorsque le roman était fini.

Alors, enfin, le journal amputé descendait à la cuisine où il attendait, à gauche du fourneau, d'allumer les feux du matin.

Cet après-midi-là donc, tandis que la maison vivait au ralenti, Sophie entra dans le bureau, munie de ciseaux qu'elle avait pris dans l'ouvroir.

Dans cet ouvroir, elle avait vu sa tante qui cousait, les lèvres pincées comme aux plus mauvais jours.

— Je te rapporte tes ciseaux dans un instant ! avait-elle lancé.

Elle avait tourné le commutateur. Elle coupait les pages, en mâchant des caramels. Quand elle eut fini, elle vérifia les numéros inscrits sur chaque feuilleton, à gauche du titre.

— ... Soixante-six... soixante-sept... soixante-neuf... Bon ! il manque le soixante-huit...

Elle ramassa les journaux entassés à ses pieds, les

collationna à nouveau et constata qu'un numéro manquait réellement, un numéro vieux de six jours.

— Elise !... Elise !... cria-t-elle du haut de l'escalier.

Elise monta, ahurie et inquiète comme elle l'était toujours quand Sophie l'appelait de la sorte.

— C'est toi qui as touché aux journaux ?

— Non, mademoiselle.

— Pourtant, il en manque un... Va voir dans la salle à manger s'il n'y est pas... Regarde dans la cuisine...

Elise resta un quart d'heure absente et Sophie alla la rejoindre à la cuisine, où elle la trouva occupée à vérifier des numéros vieux de deux mois. La soupe était au feu. Il y avait des haricots verts sur la table, dans un papier.

— Je serais curieuse de savoir qui m'a chipé ce journal...

Elle alla en parler à sa cousine.

— Tu es sûre que tu ne l'as pas vu ?

Elle en parla à sa tante, en lui reportant les ciseaux.

— C'est le numéro du 7... Si je ne le retrouve pas, il faudra que j'écrive au journal...

Cela l'occupa près d'une heure, puis elle pensa à autre chose. Sa mère rentra, chargée de petits paquets, s'enferma dans sa chambre et, quand Sophie frappa à la porte, elle lui cria :

— Qu'est-ce que tu veux ?

— Rien ! Je ne peux pas entrer ?

— Tout à l'heure...

— Qu'est-ce que tu fais ?

— Rien... Ne t'occupe pas...

Et en se retournant, Sophie s'aperçut que sa tante était derrière elle et qu'elle avait entendu.

*

C'est à la bibliothèque municipale, où il y avait une salle de lecture aux abat-jour verts, que Poldine avait copié dans un livre :

« *Anhydride arsénieux = AS_2O_3 = 198* »

Le bout de papier était dans son sac, couvert de notes au crayon :

« *Agité dans un flacon, avec de l'acide chlorhydrique étendu, il doit, après filtration, donner une liqueur dans laquelle l'acide sulfhydrique détermine la formation d'un précipité jaune.*

« *Celui-ci doit être complètement soluble dans l'ammoniaque, en produisant un liquide incolore (oxyde d'antimoine).* »

Chez des pharmaciens différents, elle avait acheté de petites quantités d'acide chlorhydrique, d'acide sulfhydrique et d'ammoniaque.

Elle était aussi grave, aussi sereine, en maniant ces produits que, petite fille, quand la boîte aux lettres représentait pour elle un fourneau de cuisine où elle faisait cuire des plats en miniature, des gâteaux faits de chocolat râpé, de sucre d'orge pilé et de farine.

De cette époque, elle avait gardé l'habitude, quand elle se livrait à une tâche délicate, d'avancer la langue sur la lèvre inférieure, une langue qui, par miracle, redevenait pointue comme une langue d'enfant.

Ce n'était plus devant la boîte aux lettres magique qu'elle travaillait, mais devant la cheminée de marbre blanc, près du Christ sous globe qu'elle avait repoussé dans un angle ; et la cheminée n'était plus une cheminée, mais devenait un laboratoire où dansait la flamme bleue d'un réchaud de fer à friser.

« ... la chaleur active le précipité mais, à 15°, il faut compter que... »

— Je ne peux pas encore entrer, maman ?

Car Sophie était la seule à dire maman, avec tant de désinvolture, il est vrai, que ce mot, en sortant de ses lèvres, se transformait.

— Laisse-moi. Je travaille...

Comme une petite fille qui ne parvient pas à comprendre, comme une écolière à l'esprit lent ! Elle relisait ses notes. Elle essayait, à l'aide d'un thermomètre de malade, de prendre la température du liquide contenu dans l'éprouvette.

Sur le papier, c'était simple. Dans la réalité, le thermomètre, introduit dans l'éprouvette trop étroite, faisait déborder le contenu de celle-ci et le mercure, par surcroît, ne redescendait pas.

Aucun précipité ne se formait ! Aucune coloration n'était perceptible à l'œil, sinon la coloration de la soupe elle-même, qui était cette fois une soupe à l'oseille.

Il aurait fallu des explications plus détaillées, peut-être un tour de main particulier ?

Elle s'obstinait, sans perdre la notion du temps et, à six heures et demie, elle plaça une chaise devant sa garde-robe, y monta pour cacher les fioles au-dessus du meuble.

D'autres soucis la réclamaient. Elle savait qu'elle devait ouvrir sa porte, ne pas perdre l'escalier de vue jusqu'au moment où tinterait la sonnette du dîner.

Il fallait savoir à quel moment Emmanuel descendrait et s'il irait encore à la cuisine.

— Je te dérange ? vint demander Mathilde.

— Qu'est-ce que tu veux ?

— Rien... Jacques me donne du souci...

Ce n'étaient que des mots anodins, mais Poldine comprenait. Elle savait ce qui tourmentait sa sœur, ce qui l'avait fait venir le matin. Elle n'ignorait pas que Mathilde était très malheureuse.

Ou plutôt non ! Ce n'était pas malheureuse. C'était quelque chose de pis. Mathilde, séparée de Poldine, ne pouvait plus respirer normalement !

Déjà au temps où la boîte aux lettres se transformait en fourneau... Les jours où elles s'étaient disputées... C'était presque toujours la faute de Poldine... Elles dormaient dans le même lit... Et, le soir, Poldine le faisait exprès de ne pas embrasser sa sœur, de se tenir loin d'elle dans les draps...

Elle attendait... Cela durait parfois longtemps, car Mathilde avait son petit orgueil... Mais un moment arrivait où une voix appelait du fond des couvertures :

— Poldine...

Elle ne répondait pas, faisait celle qui dort.

— Poldine... Tu m'entends ?

— Qu'est-ce que tu veux ?

— Je te demande pardon...

— Pardon de quoi ?

— Je ne le ferai plus...

— C'est bon !

Mais elle ne bougeait pas ! Mathilde devait se déranger, se soulever, se pencher pour embrasser sa sœur qui lui tournait le dos.

— Bonsoir...

— Bonsoir !

— Je peux me mettre « dos contre dos » ?

Et Mathilde, frileuse, était admise enfin à se coucher le dos contre le dos de sa sœur...

Elles ne se mettaient plus « dos contre dos », mais Poldine reconnaissait le frémissement des narines de sa cadette, le son de la voix qui aurait voulu ne pas être si humble.

— Jacques me donne du souci...

— C'est que tu l'as mal élevé !

Tant pis ! Poldine ne cherchait ni armistice, ni trêve. Elle attendait. Rien ne se faisait entendre, là-haut. Et bientôt la sonnette tintait dans le corridor du rez-de-chaussée, près de la boule de cuivre de la rampe, sans qu'Emmanuel fût descendu.

Il ouvrait seulement sa porte, la refermait, apparaissait, s'arrêtait un instant sur le palier comme pour dire quelque chose, puis reprenait sa route.

Il ne se dirigeait pas vers la cuisine, mais entrait dans la salle à manger où il s'asseyait à sa place, près de Jacques qui sentait le dehors.

Alors Poldine, debout, comme chaque soir, servait la soupe à chacun, restait en suspens parce que Mathilde ne tendait pas son assiette à son tour.

— Merci...

— Tu ne manges pas ?

— Je ne prendrai pas de soupe, non.

Mathilde disait cela en regardant sa sœur droit dans les yeux. Jacques levait la tête. On pouvait croire qu'il allait éclater une fois de plus. Emmanuel, au contraire, ne frémissait pas.

— Comme tu voudras ! cédait Poldine.

Si bien qu'elles étaient deux devant des assiettes vides, à attendre que les autres eussent fini. Sophie, elle, aspirait le liquide avec bruit et sa mère la regarda, faillit peut-être lui ordonner de ne pas manger son potage.

— A propos... commençait Sophie.

Elle s'essuya la bouche, regarda à la ronde.

— Je serais curieuse de savoir qui m'a chipé un journal...

— Quel journal?

Dans n'importe quelle autre maison, c'eût été sans importance, mais déjà Jacques devenait rouge de colère, car il se demandait à quelle scène cette histoire de journal allait aboutir.

— Celui que nous recevons... Tout à l'heure, j'ai voulu découper mes feuilletons... Il manque le numéro 7...

Pourquoi Poldine se tourna-t-elle aussitôt vers son beau-frère? Pourquoi Mathilde suivit-elle son regard? Et pourquoi Emmanuel devint-il livide et faillit-il s'étrangler avec une gorgée de soupe?

— Il ne peut pas être sorti de la maison, dit Poldine.

— Qu'est-ce que tu en sais?

— Je le retrouverai, va!... Elise! Servez la suite... Qu'y a-t-il à dîner?

— Des haricots verts, Madame.

— Vous avez bien enlevé les fils, au moins?

C'était pour dire quelque chose. Elle observait Vernes, le voyait malade d'émotion, eût juré que c'était de peur.

— Il y a dans la maison des gens qui ne sont pas à leur aise! éprouva-t-elle le besoin de remarquer.

Jacques avança la tête, menaçant. Elle lui lança:

— Je ne dis pas ça pour toi...

Puis aussitôt:

— Je me demande si ce potage était bon... Tu n'en as pas mangé, Mathilde?...

88

Ce soir-là, Elise pleura, dans sa cuisine, parce qu'elle était inquiète, sans savoir pourquoi. Elle avait déjà écrit trois fois chez elle pour supplier qu'on vînt la rechercher, mais ses parents ne lui répondaient pas sur ce sujet, se contentaient de lui parler de la vache, des lapins et de sa sœur qui allait passer son certificat d'études.

« Je t'écris pour te faire savoir que tout le monde se porte bien et j'espère que la présente te trouvera de même. Ton père a encore eu ses points de côté toute la semaine et Adolphe est venu lui donner un coup de main... »

Jacques sortit, sans en demander la permission, sans aller embrasser sa sœur et, un quart d'heure plus tard, avec l'air d'un jeune homme comme les autres, il jouait au billard au *Café du Globe*.

Geneviève, docile, avait mangé tout ce que sa mère lui avait monté. Quand son père vint lui dire bonsoir, elle profita d'un instant où elle était seule avec lui pour murmurer :

— Je voudrais tant qu'on ne se dispute plus !

Il était trop préoccupé pour répondre. Il ne s'assit même pas au bord du lit comme il le faisait d'habitude. Peut-être sentait-il que Mathilde l'attendait sur le palier ?

Il rentra chez lui, se coucha, compta les minutes, des demi-heures, les yeux ouverts, puis, quand tout fut silence, il risqua une jambe hors des draps, se souleva, prit la clef sur la table de nuit sans la faire crisser sur le marbre.

Il savait que, là-haut, c'étaient la troisième et la septième marche d'escalier qui craquaient. Il suffisait de les enjamber.

II

Tout se passa sans bruit, sans un mot, comme une pantomime réglée d'avance. En réalité, il n'y eut même pas de surprise. Vernes était occupé à tourner la clef dans la serrure de son atelier quand il sentit une présence derrière lui et il ne se retourna pas pour s'en assurer.

Il avait couru sa chance, sans grand espoir. Il échouait. Il restait encore une autre chance, minime, celle-ci, en laquelle il ne croyait pas du tout.

Il poussa le battant et s'effaça pour laisser passer sa femme. Celle-ci fit de la lumière, fronça les sourcils en constatant le calme de son mari.

Puis, haussant les épaules, elle se dirigea délibérément vers une table encombrée de papiers, avec l'air de dire : « C'est sûrement là ! »

Et, pendant ce temps, Vernes, immobile, se demandait où il avait pu mettre le journal. La petite chance, c'était ça. Il avait emporté le fameux journal dans son atelier, c'était vrai. Il l'avait revu deux ou trois jours après sur le divan et il l'avait ramassé pour le ranger. Jusque-là, il se souvenait parfaitement et il voyait encore la tache crue de la feuille imprimée sur le châle espagnol qui recouvrait le meuble.

Mais après ? Sa femme venait de déplacer des

cahiers, des papiers de toutes sortes. Elle ouvrait vainement un tiroir, se tournait vers une bibliothèque qui contenait des livres disparates.

Emmanuel n'était pas gai. C'était malgré lui qu'un vague sourire avait éclairé son visage, et ce sourire, sa femme l'avait surpris ; elle le prenait pour un défi. Aussi, rageuse, obstinée, était-elle prête à mettre l'atelier sens dessus dessous pour retrouver le journal.

— Et si Elise l'avait emporté machinalement ? se disait Vernes.

Mais non ! La dernière chance claquait comme les autres. Mathilde ne s'agitait plus. Elle avait trouvé, entre deux gros livres. Elle marchait vers la porte, passait fièrement devant son mari.

Un instant, il crut qu'il ne descendrait pas, que ce serait plus simple. Une fois sa femme sur le palier, il n'avait qu'à s'enfermer à double tour. Et après, ma foi...

Au lieu de cela, il suivit Mathilde, descendit derrière elle, entra sur ses talons dans la chambre à coucher.

La maison dormait. Poldine n'avait rien entendu. Mathilde, satisfaite, se couchait et tenait son journal comme une friandise qu'on se dispose à savourer.

Emmanuel faillit parler, ouvrit la bouche, la referma et, comme il avait froid, il se glissa dans son lit. Il attendait. Sa femme lisait les titres de la première page et ne trouvait rien d'intéressant. L'idée qu'on se moquait d'elle lui passa par la tête, car elle eut un drôle de regard à l'adresse de son mari et elle ne dut pas comprendre pourquoi il était si calme.

Car Vernes était terriblement calme. Il attendait. Mathilde mettrait plus ou moins de temps à trouver l'article, mais elle le trouverait. Quand elle l'aurait lu, elle comprendrait. Et, quand elle aurait compris...

Cela n'empêchait pas Emmanuel de remarquer, pour la première fois, que l'abat-jour n'était pas un abat-jour comme on en fait maintenant pour l'électricité, mais un ancien abat-jour, du temps des becs Auer, avec une frange de perles tout autour. Cela crevait les yeux. C'était là, à deux mètres de lui, au milieu de la chambre, et il ne s'en était jamais avisé.

La page tourna. L'article était tapi dans un bas de colonne, à droite, sous un titre qui ne disait rien. Le directeur du journal local, en effet, réprouvait la publicité dont on entoure les faits divers. En l'occurrence, on avait écrit : *Une Famille éprouvée.*

Mathilde ne lisait pas encore. Elle parcourait colonne après colonne et Emmanuel arrangea son oreiller derrière son dos.

Enfin ! La respiration changeait de rythme !

« *Une Famille éprouvée.*

« *Un drame particulièrement pénible a eu lieu la nuit dernière au quartier Saint-Gervais, à Cherbourg. Un cimentier nommé Gustave L..., en chômage depuis plus d'un an, s'est donné la mort en se tirant un coup de fusil dans la bouche.*

« *Auparavant, Gustave L... avait tué sa femme, âgée de trente-cinq ans, et ses quatre enfants, dont le dernier n'avait que quelques mois.*

« *Comme Gustave L... ne buvait pas, il s'agit probablement d'un drame de la misère.* »

✳

A vrai dire, le premier sentiment de Mathilde fut la désillusion. Elle regardait l'article, qui n'avait que quelques lignes. Elle paraissait le trouver ridiculement court. Puis elle observait son mari, et si elle n'avait pas juré de ne plus lui adresser la parole, elle eût demandé :

— Et après ?

Elle avait cru trouver quelque chose de beaucoup plus précis, où il eût été question de soupe, de poison et d'éprouvettes.

Au lieu de cela, l'esprit avait à parcourir un long chemin pour aller de l'article à la salle à manger des Lacroix. Un pauvre bougre, un ouvrier incapable de nourrir sa famille, avait soudain senti qu'il ne remonterait plus jamais la pente et avait décidé d'en finir.

C'était cela, en somme ! En avoir par-dessus la tête.

Seulement, ce Gustave L... avait entraîné toute sa famille dans la mort.

Mathilde réfléchissait. On voyait qu'elle réfléchissait, car elle fixait avec une gravité presque comique une petite tache de rouille sur l'édredon.

Pourquoi Gustave L... avait-il tué les autres ? Parce qu'il les aimait trop pour supporter l'idée de s'en séparer ? Parce qu'il lui répugnait de les laisser dans la misère ? Parce qu'il considérait que ses enfants, sa femme et lui formaient un tout indissoluble ?

Ils étaient assis chacun dans un lit, Mathilde à gauche, avec le journal déployé sur la couverture, son mari à droite et, entre eux, au-dessus des têtes, l'abat-jour à franges de perles.

Vernes attendait. Il fallait permettre au travail de se faire dans l'esprit de sa femme et le travail se fit, elle se tourna vers lui, le regarda comme jamais encore elle ne l'avait regardé, comme s'il était inconnu, ou plutôt comme un être extraordinaire auquel elle n'avait jamais pris garde.

Quant à lui, il prononça simplement :

— Eh ! oui...

Cela ne voulait pas dire qu'il était fier de ce qu'il avait fait, ni qu'il était contrit, ou honteux. Non ! Il constatait. Avec quand même, tout au fond, une pointe imperceptible d'orgueil. Avec aussi une certaine gêne, car il sentait bien qu'il ferait mieux de se taire.

Mais, s'il était descendu, c'est qu'il ne voulait plus se taire. Et pendant que sa femme parcourait le journal, il avait cherché patiemment la phrase par laquelle il commencerait.

— A qui la faute ? attaquait-il enfin.

Elle avait un peu peur de lui, ce soir-là. Peut-être hésitait-elle à rester dans la chambre, à dormir dans la même pièce que son mari. Ce ne fut qu'à regret qu'elle s'enfonça dans les draps, posa la tête sur l'oreiller, ferma les yeux.

— Oh ! je sais que tu ne répondras pas... Tu n'avoueras jamais que c'est ta faute bien plus que la mienne...

C'était trop préparé. Il prononçait les phrases avec lassitude et n'y mettait que juste ce qu'il fallait de conviction. Pendant des années, il avait pu aimer, haïr, piétiner, pleurer, crier, se frapper la tête contre les murs de cette maison qui ressemblait si souvent à une maison de fous. Et voilà qu'à la minute fatidique, il était calme, d'un calme qui donnait une impression de vide. Il regardait le lit de sa femme, et les cheveux de celle-ci qui dépassaient, et le renflement allongé des couvertures sur le corps...

— Si tu m'avais aimé, tu aurais eu une excuse... disait-il.

Il se renfrognait, s'obstinait à parler malgré tout.

— Mais tu ne vas pas prétendre que tu m'as aimé... Non ! Tu n'oserais pas... Ce n'est même pas par hasard que nous nous sommes connus... Il a fallu que ta tante Estienne dise à une amie de ma mère que des gens très bien de Bayeux cherchaient un gendre ayant une situation et de la religion...

Mathilde poussa un soupir et changea de côté, de sorte que maintenant il pouvait voir d'elle un œil fermé, tout près d'une mèche de cheveux.

— ... Car c'est ainsi que nous nous sommes mariés !... Je ne cache pas que j'étais heureux d'entrer dans une maison aussi riche... Seulement, souviens-toi de ce que tu m'as dit dès les premiers jours : « *Ce qui m'est le plus désagréable, c'est de m'appeler désormais Vernes. Je ne comprends pas que toutes les femmes ne puissent garder leur nom de jeune fille, comme le font la plupart des artistes...* »

Un ressort grinça dans une chambre. Poldine avait entendu du bruit, mais cela n'avait plus d'importance. Elle pouvait désormais écouter à la porte !

— J'ai vite compris ce qu'on voulait de moi... Deux enfants, un garçon et une fille, tu avais fixé le nombre d'avance !... Le plus extraordinaire, c'est que tu les as eus... Et je me demande maintenant si ce n'est pas par jalousie, pour avoir un enfant, elle aussi, que ta sœur est venue se frotter à moi dans l'atelier...

L'œil s'ouvrit, un œil calme et froid qui se fixait sur Vernes et le troublait.

— Tu es l'épouse outragée, n'est-ce pas ? C'est cela que veut dire ton méchant regard...

Il s'animait enfin, grâce à cet œil ouvert.

— Tu es l'infortunée épouse qui, venant à peine de mettre un enfant au monde, découvre que son mari la trompe avec sa propre sœur...

L'œil se ferma...

— La vérité, c'est que cela ne pouvait pas te faire souffrir, puisque tu ne m'aimais pas !... Et la vérité vraie, la vérité des vérités, c'est que les choses se seraient passées à peu près de la même manière s'il n'y avait pas eu cette histoire de couchage... La vérité, c'est que vous avez besoin de haine, ta sœur et toi... Je suis sûr que, petites filles, vous jouiez à vous disputer comme d'autres jouent à la marchande ou à la poupée.

L'œil s'ouvrit, trahissant un soudain intérêt.

Et Vernes cherchait une phrase pour repartir.

— Quand on s'enfonce une écharde dans le doigt, la chair réagit, travaille à expulser le corps étranger... Eh bien ! moi, j'ai été l'écharde dans la maison des Lacroix... Pas seulement moi, mais mes enfants... Car il s'est passé ceci, vois-tu : tu voulais des enfants, c'est vrai, mais tu ne pensais pas qu'ils ne seraient pas de vrais Lacroix !... Tu ne t'imaginais surtout pas qu'ils pourraient être de petits Vernes... Alors, à mesure qu'ils grandissaient, tu te mettais à les détester, eux aussi !... Et ta sœur les détestait... Et vous étiez deux à détester tout ce qui n'était pas vous deux... Voilà ce qu'il y a à la base de notre vie depuis bientôt vingt ans...

Maintenant que le lit était réchauffé, Mathilde put allonger les jambes et le drap découvrit un morceau de sa joue.

— Tu ne parleras pas... Tu as trop d'orgueil pour cela... Ce qui me console, c'est que tu sais que c'est vrai... Je vais ajouter quelque chose qui ferait rugir une autre mère... Tu as un fils et une fille... Ta sœur a une fille, une fille du même père... Tout te porterait donc à la haïr et cependant du fond de toi-même, je suis sûr que tu préfères Sophie à tes propres enfants, parce que le hasard a voulu que chez elle le sang Lacroix domine...

On frappa à la porte, doucement.

— Qu'est-ce que c'est ? cria Vernes sans ménagements.

— Parlez moins fort ! conseilla la voix de Poldine.

Et on entendit celle-ci s'éloigner, rentrer chez elle.

— Tout cela, je l'ai compris dès le début, mais il était trop tard... J'aurais pu entrer dans le jeu, haïr aussi, tenir ma partie dans le concert d'imprécations que l'on s'offrait chaque jour... J'aurais pu me faire une vie au-dehors, avoir une vie, m'adonner à une passion quelconque... A certain moment, j'ai essayé... Je n'ai pas fréquenté les cafés, par horreur du bruit et du mouvement... Mais il existe une maison, à l'orée de la ville, où je suis allé plusieurs fois sans parvenir à faire naître en moi le désir d'y retourner...

Mathilde soupira. Cela devenait trop long. Cela ne l'intéressait plus et l'œil se ferma une fois de plus, d'une façon qu'on pouvait croire définitive.

— Vous m'avez pris pour un pauvre imbécile et vous ne saviez pas que, là-haut, j'avais une vie cent fois plus intéressante que la vôtre, tellement intéressante même que je pouvais sacrifier avec indifférence les quelques heures qu'il me fallait passer dans l'enfer de votre compagnie... Vous l'apprendrez un jour... Alors, vous serez étonnées, l'une comme l'autre...

Mathilde remonta la couverture pour ne plus entendre, mais il était évident qu'elle entendait encore.

— Je ne sais pas ce qui arrivera à ce moment, ni ce que vous direz de moi... D'autres en parleront...

Il souriait, désabusé. Et Sophie, dans sa chambre, frappait de grands coups contre la cloison.

— Bon ! Compris... cria-t-il. D'ailleurs, j'ai fini...

Le sang aux joues, il avait plusieurs fois passé la main dans ses cheveux en désordre.

— Bonsoir, Mathilde... Dors !... Ou plutôt essaie de dormir...

» Je ne suis pas dupe de ton silence, va ! Je ne comprends même plus, maintenant, comment j'ai pu envisager de vous entraîner tous avec moi... »

Elle se retourna bruyamment et il se tut, resta encore un moment assis sur son lit, puis s'enfonça peu à peu dans les draps.

Il avait oublié d'éteindre la lumière. C'est Mathilde qui le fit, après avoir attendu un certain temps pour s'assurer que c'était bien fini.

*

Il y eut, comme tous les matins, la boîte à lait sur le seuil, avec le pain frais posé en équilibre sur le couvercle. A huit heures moins deux minutes, le facteur, qui portait une écharpe de laine tricotée et dont la respiration promenait un petit nuage dans le matin, laissa tomber dans la boîte aux lettres la gazette sous bande.

Des femmes en noir revenaient des messes basses et parfois on entendait s'ouvrir et se fermer le portail d'une des grosses maisons de la rue.

Elise, qui ne s'éveillait vraiment que vers dix heures et qui était longtemps à sentir le lit, avait son visage bouffi, ses yeux glauques. Sophie, de bonne humeur, chantait en s'habillant et Poldine, dans la salle à manger, guettait l'arrivée de sa sœur, cherchait aussitôt un indice sur le visage de celle-ci.

Mais le moment n'était pas encore venu. Jacques mangeait, en trempant son pain dans le café au lait. Sophie demandait en entrant :

— Ce n'est pas aujourd'hui qu'on va toucher les loyers ?

Car c'était le prétexte sous lequel on avait acheté l'auto. Les loyers des maisons ouvrières se payaient chaque semaine et c'était Poldine qui allait en faire la récolte.

Quant à Emmanuel, sa fièvre était tombée. Son visage était fatigué, les yeux las. Il mangeait machinalement, en regardant la nappe, et pas une seule fois il ne leva les yeux vers sa femme ou vers Poldine.

En montant à son atelier, il s'arrêta un instant sur le palier du premier, près de la porte de Geneviève, toucha même le bouton de porcelaine.

— ... le Seigneur est avec vous...

Vième priait à mi-voix, et il n'osa pas entrer. Il poursuivit son chemin, s'enferma dans l'atelier, resta longtemps à regarder, par la baie vitrée, les toits gris sur lesquels flottait une brume indécise.

La porte d'en bas claqua, marquant le départ de Jacques dont les pas retentirent dans la rue.

— Je vais faire un tour, annonça Sophie qui avait envie de conduire la voiture.

Et, Sophie partie, Poldine regarda sa sœur avec plus d'insistance. Elle semblait dire : « Voilà ! Nous sommes seules. Tu peux parler... »

Mathilde hésitait. Elle fut certainement sur le point de tout raconter. Peut-être la maison n'était-elle pas encore assez chaude ?

— Il faut que j'aille soigner Geneviève ! murmura-t-elle.

C'était une tâche qui ne lui déplaisait pas, qu'elle pouvait accomplir machinalement et qui occupait une partie de la matinée. Elle avait l'art de travailler sans bruit, sans pour ainsi dire remuer d'air, et cependant les objets, comme par miracle, reprenaient leur place, la poussière disparaissait, et tout ce désordre qu'un être vivant met autour de lui.

Pendant qu'elle évoluait de la sorte, elle ne pensait pas et son regard n'exprimait rien d'autre que l'application.

— Tu as pris tes gouttes?

— Pas encore, mère.

Elle comptait les gouttes, soulevait le buste de sa fille d'un geste extrêmement doux, attendait, reprenait le verre.

— J'ai rêvé que le vicaire venait me dire bonjour.

Mathilde tressaillit, parce que ces mots évoquaient pour elle une image dramatique, une chambre de mourant, mais déjà Viève, qui avait deviné, poursuivait en souriant :

— N'aie pas peur! Ce n'est pas ce que tu penses... Il venait seulement me dire bonjour, puisque je ne peux plus marcher... Dimanche, pour la première fois, il me sera impossible d'aller à la messe...

Mathilde entrouvrait la fenêtre pour secouer une carpette.

— J'ai pensé en m'éveillant qu'il accepterait peut-être de venir... Qu'est-ce que tu crois, mère?... Tu ne veux pas aller le lui demander?

— Nous verrons... promit Mathilde qui, ce matin-là, était plus détachée que jamais des choses immédiates.

Elle glissait vraiment à travers la pièce, touchait à peine aux objets, comme un jongleur. En réalité, elle était absente. Elle avait la tête penchée et sa bouche mince, plus mince que jamais, une expression que Jacques traduisait cyniquement par :

— Elle fait sa tête de *Mater Dolorosa*.

Geneviève questionnait cependant :

— Qu'est-ce qu'il y a eu, hier au soir ?

— Qu'y aurait-il eu ?

— Il me semble que, très tard, j'ai entendu père qui parlait... Ce matin, il n'est pas venu m'embrasser...

— Ah !

La jupe de Poldine frôlait la porte. Poldine entrait dans le bureau et Mathilde restait un moment comme en suspens. Il y avait, ce jour-là, comme des trous dans son activité. Elle travaillait, rangeait plus minutieusement que de coutume, pour faire passer les minutes. Elle voulait s'occuper, mais, par instants, on la sentait partie. Peut-être attendait-elle un événement, un événement qu'elle espérait et craignait tout ensemble ?

Une fois, en la voyant dans la glace, Geneviève eut la certitude que sa mère pleurait, mais il n'y avait pas de sanglots : Mathilde ne reniflait pas, ne s'essuyait pas les yeux qui, l'instant d'après, s'étaient séchés d'eux-mêmes.

C'était un peu comme si le brouillard du dehors se fût introduit dans la maison, voilant les objets, feutrant les pas et les voix, donnant de l'inconsistance aux gestes.

Pourquoi Poldine sortait-elle du bureau, ouvrait-elle la porte, restait-elle là, immobile, sans rien dire, à regarder sa sœur d'une façon étrange ? Pourquoi Mathilde faisait-elle semblant de ne pas s'en apercevoir ? Pourquoi entreprenait-elle de laver elle-même le cabinet de toilette à grande eau ?

— Mère...

— Qu'est-ce qu'il y a ?

— Rien... Je ne sais pas...

Poldine était partie. On l'entendait aller et venir dans le bureau, en proie à l'impatience de l'attente.

Elise faisait son marché et Viève, qui crut entendre du bruit dans la maison, tressaillit de peur.

— Il fait triste, aujourd'hui... s'excusa-t-elle.

— Pourquoi dis-tu ça ?

— Je ne sais pas... C'est sans doute le brouillard... Ce matin, j'ai eu de la peine à manger mon œuf et maintenant encore je le sens sur mon estomac... Où est Sophie ?

— Elle se promène...

Et voilà que Poldine revenait à nouveau, se campait dans l'encadrement de la porte. Il y avait dans sa façon de rester en place et de regarder sa sœur quelque chose de dur, d'insistant.

— Mathilde... prononça-t-elle.

— Que veux-tu ?

— Viens un moment...

— Tout à l'heure... J'ai bientôt fini...

Geneviève ne pouvait pas comprendre, mais son malaise croissait et elle suivait tous les gestes de sa mère d'un œil inquiet.

Poldine était de plus en plus impatiente. Deux fois elle rentra chez elle. Deux fois elle revint et il était évident, maintenant, que Mathilde se créait des occupations pour avoir une excuse de rester encore.

C'est à un de ces moments-là, quand Poldine était sur le seuil, qu'on entendit du bruit, là-haut, le bruit d'une chaise qui tombait.

Les trois femmes restèrent un instant immobiles, à écouter. Viève, plus impressionnable, avait porté la main à sa poitrine où le cœur battait à grands coups.

Involontairement, elle avait poussé un petit cri et sa mère questionna encore :

— Qu'est-ce que tu as ?

— Je ne sais pas... Tu as entendu ?

— Eh ?... Une chaise est tombée...

— Oui... Peut-être...

Mathilde se proposait de savonner la cuvette, mais cette fois Poldine marqua plus d'autorité.

— Viens un instant, veux-tu ?

On laissa Geneviève seule. Elle les entendait entrer dans le bureau, fermer la porte avec soin ; elle percevait un chuchotement.

C'était tante Poldine, qui regardait sévèrement sa sœur.

— Pourquoi ne veux-tu rien me dire ? Qu'est-ce que tu attends ?

Mathilde détournait la tête sans répondre. Sa sœur insistait, avec un regard vers sa chambre, vers la cheminée transformée la veille en laboratoire :

— C'était ça, n'est-ce pas ?

Mathilde baissait le front.

— Il l'a avoué ?

Poldine levait les yeux vers le plafond. Et soudain elle saisissait sa sœur aux épaules, la secouait en disant :

— Mais alors...

Et ses yeux cherchaient à nouveau le plafond. Mathilde disait avec effort :

— Alors quoi ?

Sa voix était mate, tellement sèche que Poldine en fut indignée.

— Tu... tu l'as fait exprès ?...

Il y avait longtemps qu'elles s'étaient comprises et Poldine perdait son sang-froid, pour la première fois dans sa vie, s'engageait dans l'escalier en courant, en tenant ses jupes à pleines mains.

Dans sa chambre, Geneviève, les yeux écarquillés, avait perdu son souffle.

Poldine essayait en vain d'ouvrir la porte de l'atelier, tripotait la clenche, frappait le panneau en haletant :

— Emmanuel !... Ouvre !...

Mathilde ne montait pas, restait debout, à la même place, dans le bureau dont la porte était demeurée ouverte. Elle entendit du bruit dans la chambre voisine, un bruit mou suivi d'un gémissement, et elle comprit que sa fille, prise de panique, avait voulu se lever et était tombée sur le plancher.

Elle ne bougea pas.

— Ouvre ! répétait Poldine, là-haut.

Puis elle descendait, lançait en passant sur le palier :

— Il faut appeler un serrurier...

Elle oubliait qu'il y avait le téléphone. Elle sortait, longeait les murs, se dirigeant vers une petite rue voisine où elle connaissait un serrurier.

Elle parlait toute seule, à mi-voix, psalmodiait :

— Elle l'a fait exprès... Elle se doutait bien... Elle savait...

Mathilde, cependant, s'était assise, parce qu'elle se sentait mollir. Les deux coudes sur la table, elle finit par laisser aller sa tête en avant. Mais elle n'était pas évanouie. C'était autre chose, un vide angoissant, douloureux, une prostration pénible qui ne l'empêchait pas d'entendre Geneviève appeler :

— Mère !...

Elle entendait jusqu'aux pas dans la rue, deux pas, celui de sa sœur et celui du serrurier qui faisait tinter les clefs de son grand anneau.

— Entrez... Par ici... Oui, c'est tout en haut... On ne peut pas encore savoir...

L'homme marchait le premier. En passant, Poldine eut encore un coup d'œil vers sa sœur.

Ils remuèrent longtemps, sur le dernier palier. Enfin, il y eut un craquement, suivi d'un très long silence.

— Mère !... Mère !... criait Geneviève derrière sa porte close.

Et là-haut, l'homme prononçait :

— J'y vais, madame... Ne vous dérangez pas...

Il descendait en courant, courait encore dans la rue, Mathilde tressaillait, car quelqu'un était là, près d'elle, quelqu'un d'immobile, de silencieux.

C'était Poldine, Poldine qui répondait par son attitude à une question muette.

Mathilde se passa la main sur le front, fit un effort pour se lever.

— ... Pendu... laissait tomber Poldine. Au châssis de la fenêtre...

Elles ne pouvaient pleurer ni l'une ni l'autre. Et le plus terrible, c'était le regard accusateur que Poldine laissait peser sur sa sœur.

— Mère !... De grâce, mère !...

Alors Poldine reprit :

— Va près d'elle...

Elle promettait ainsi de s'occuper de tout. D'abord, elle entra dans sa chambre, se regarda dans le miroir, arrangea quelques cheveux, prit un châle de laine, car elle avait froid.

Elle monta lentement l'escalier, comme quelqu'un de déjà vieux, atteignit le palier, mais n'entra pas dans l'atelier.

Elle attendait, un peu penchée, dominant les évolutions de la rampe qui serpentait jusqu'à la boule de cuivre du rez-de-chaussée. Des cris montaient de la chambre de Geneviève. Elise ne revenait pas du marché.

Enfin deux hommes marchèrent dans le corridor. La voix du serrurier dit :

— C'est au dernier étage...

Poldine, un peu plus tard, regarda avec une curiosité presque comique l'homme qui montait vers elle, un tout jeune homme intimidé.

— Le docteur Jules n'était pas chez lui, expliquait le serrurier. Je me suis souvenu qu'il y avait un nouveau médecin presque à côté...

— Entrez, docteur...

Le serrurier, par contenance, ramassait son trousseau.

Et le jeune homme murmurait, candide :

— Où est-il ?

Il n'avait pas vu que l'atelier comportait un recoin où était placé le divan. C'est là que le serrurier avait étendu le corps d'Emmanuel Vernes qui avait perdu en chemin une de ses pantoufles vernies.

— Je pourrais avoir de la lumière ?

Le recoin était sombre. Poldine tourna un commutateur, et une lanterne ancienne, en fer forgé, s'éclaira au-dessus du châle espagnol recouvrant le divan.

Sans savoir au juste ce qu'elle disait, Poldine prononça en s'écartant :

— Je vous laisse faire... Si vous avez besoin de quelque chose...

III

Poldine fit tout, commanda tout, eut l'œil à tout et rarement pareil travail fut accompli dans une maison en l'espace d'une heure.

Mathilde boudait, littéralement. Elle n'était pas écrasée par la douleur, ni rongée par le remords. Elle n'était pas davantage accablée physiquement, mais elle ne s'en tenait pas moins en marge de l'agitation avec, à l'adresse des autres, des regards méfiants.

Poldine, pourtant, l'avait débarrassée du souci de sa fille. On ne pouvait rien faire tant que Geneviève, dans son lit, criait, mordait les draps, lançait des appels sinistres de chien qui hurle à la lune.

— N'y a-t-il pas moyen de lui donner quelque chose, docteur ?

On lui avait fait prendre une dose de bromure qu'elle avait bu, soutenue par sa mère, tandis que des larmes coulaient dans le verre et que de grands frissons la secouaient.

Et d'une ! Il fallait faire vite. Poldine se lançait à l'assaut de la besogne avec une énergie virile car, tant que ce qu'elle avait à faire ne serait pas accompli, ce serait toujours le drame, dans son incohérence inquiétante.

Là-haut, sur le divan recouvert du châle espagnol,

la tête trop basse, grimaçante, une main par terre, Emmanuel était un être incompréhensible que Poldine ne pouvait voir sans se signer.

— Il ne faut pas oublier d'avertir la police ! avait recommandé le petit docteur.

Il ne se doutait pas encore qu'on le retiendrait jusqu'au bout et qu'il serait une bonne heure durant l'esclave de l'aînée des Lacroix.

C'est lui qui dut téléphoner au commissariat et, pendant ce temps, Poldine eut le temps de lire un papier placé bien en évidence sur la table de l'atelier et maintenu par une boule de verre.

« Je demande pardon à ma fille, mais je lui serai peut-être plus utile mort que vivant. Je désire que tout ce qui se trouve dans cet atelier devienne sa propriété personnelle. C'est ma dernière volonté. Peut-être cet héritage lui sera-t-il un jour une aide. »

Poldine fut sur le point de glisser la feuille dans son corsage. Elle l'aurait peut-être fait si Emmanuel n'avait pas été là. A cause de lui, elle la remit sur la table, mais la glissa comme par inadvertance sous un cahier.

Elle n'avait pas le temps de réfléchir. Trop de détails la sollicitaient, et elle ne voulait pas en oublier.

— Le commissaire vient tout de suite ! annonça le jeune docteur.

Il valait mieux, à tout hasard, faire disparaître les fioles et les éprouvettes qu'elle avait dans sa chambre et qui pourraient provoquer Dieu sait quels commentaires. Dans la cour, il existait une fosse d'aisance qui datait d'avant le tout-à-l'égout et Poldine, avec des regards prudents aux fenêtres, alla en soulever la plaque de ciment.

En rentrant, elle rencontra Elise qui rangeait ses provisions dans la cuisine et qui ne savait rien.

— Monsieur est mort ! lui dit-elle. Il faudra fermer les volets, mettre un chiffon autour du battant de la sonnette et laisser la porte entrouverte.

— Monsieur est mort ? répéta stupidement Elise.

— Il est mort, oui ! Faites ce que je vous ai dit.

Bientôt, on entendit grincer les persiennes. Peu après, le commissaire se présentait en compagnie d'un inspecteur et Poldine les emmenait là-haut.

— Il y a longtemps, déjà, qu'il était neurasthénique et il était devenu plus sombre encore depuis la maladie de sa fille. Elle est couchée et sans doute ne se relèvera-t-elle jamais.

— Qui l'a dépendu ?

— Le serrurier et moi.

Le commissaire s'installa à la table, écrivit posément ce que Poldine lui dictait, nota le nom du serrurier, celui du médecin.

— Si vous pouviez éviter que... cela... paraisse dans les journaux...

Il promit de faire son possible, saisit son chapeau.

— On peut ?... commença Poldine en désignant le corps.

Elle n'acheva pas sa question, parce qu'elle ne trouvait pas le mot. Plus exactement, celui qui lui venait aux lèvres ne lui paraissait pas convenable. Elle avait failli dire : « On peut l'arranger ? »

Néanmoins, le commissaire avait compris.

— Vous pouvez, bien entendu...

C'était un moment dur à passer, mais il le fallait. Autant profiter de ce que le docteur était encore à sa disposition.

— Qu'est-ce que c'est ? cria-t-elle à Elise qui faisait du bruit sur le palier sans oser entrer.

— C'est le notaire Crispin qui demande à parler à Madame...

— Je le verrai tout à l'heure... vous lui avez dit ?...

— Non, Madame... Je l'ai fait entrer au salon...

Le docteur était si docile qu'il en devenait ridicule.

— Vous y êtes ? demanda Poldine.

Elle tint les pieds, lui les épaules. La troisième et la septième marche craquèrent. Poldine dut lâcher les pieds un instant pour ouvrir la porte de la chambre.

Puis ce furent de vigoureuses allées et venues, des portes de placards et d'armoires qu'on ouvrait, une cuvette qu'on remplissait d'eau, des piles de linge remuées.

Poldine n'oubliait-elle rien ? La déclaration à la mairie... Mais la maison des pompes funèbres s'en chargerait. Mathilde allait téléphoner, car elle pouvait quand même donner un coup de fil.

Sur le palier, Poldine se heurta à sa fille qui montrait une mine ahurie et elle lui dit :

— N'entre pas maintenant... Dans quelques minutes, ce sera fini. Tu as vu le notaire ?

— Quel notaire ?

— Il est 'en bas, dans le salon...

Un quart d'heure plus tard, enfin, elle put annoncer au médecin.

— C'est terminé... Je vous remercie de m'avoir aidée... Dans une maison de femmes seules...

Elle appela Sophie.

— Tu peux venir le voir...

Emmanuel Vernes n'était plus dangereux. Il était même étonnant de banalité, couché sur le dos, selon la tradition, les mains jointes sur un chapelet, une serviette lui tenant la bouche fermée et cachant les ecchymoses du cou. On n'avait allumé que deux bougies, une de chaque côté.

— Comment est-ce arrivé ? s'informa Sophie.

Sa mère haussa légèrement les épaules, dit un *ave* et un *pater,* à mi-voix, se signa.

— Cela me fait penser qu'il faut avertir le curé. Il ne voudra peut-être pas venir si on lui dit qu'il s'agit d'un suicide... Va le voir, toi.

Sophie mit son chapeau, oublia la consigne et referma bruyamment la porte d'entrée.

Mathilde n'avait pas quitté le bureau. A cause des volets fermés, car Elise les avait fermés partout, on avait allumé les lampes et on pouvait déjà se croire à la nuit.

— Ils seront ici dans une demi-heure... annonça Mathilde à sa sœur.

Ils, c'étaient les pompes funèbres.

— On installe la chapelle ardente dans le salon, comme pour papa ?

Mathilde voulait bien. Elle pensait déjà à autre chose.

— Il n'a pas laissé de lettre ?

— Je voulais t'en parler... Il vaudrait peut-être mieux que nous montions...

Mais voilà qu'Elise surgissait.

— Le notaire demande si vous ne pouvez pas encore le recevoir...

— Bon ! Je descends...

Auparavant, Léopoldine fit toilette, revêtit sa robe de soie noire, hésita à y accrocher le camée.

— Tu devrais boire un petit verre de quelque chose, conseilla-t-elle à sa sœur qu'elle trouvait pâle.

Elle descendit, traversa la salle à manger, pénétra dans le salon, grave, rigide comme il fallait.

— Je vous demande pardon de vous avoir fait attendre, mais je suppose qu'on vous a dit...

— Je m'empresse de vous présenter mes condo-
léances, fit-il en s'inclinant.

C'était le genre d'homme à barbiche grise et à
cheveux en brosse. Il regardait Poldine avec des yeux
glacés de quelqu'un qui n'a pas envie de faire des
politesses, mais l'éducation fut plus forte et il articula
du bout des dents :

— Comment est-ce arrivé ?

— Brusquement... Tout à fait à l'improviste...
Asseyez-vous, monsieur Crispin...

— Je suis désolé de vous déranger dans un pareil
moment... Je suppose, néanmoins, que c'est à vous
qu'il est préférable que je m'adresse, bien qu'à la
rigueur ce soit plutôt le rôle de votre sœur...

Il entrait dans la partie préparée de sa visite. S'il ne
s'était pas assis, malgré l'invitation de Poldine, c'est
qu'il avait un geste à faire, celui de plonger la main
dans la poche de son pardessus noir, d'en tirer un
paquet assez volumineux, de le tendre à son interlo-
cutrice.

— Voilà !

— De quoi s'agit-il ?

— J'aimerais mieux que vous jetiez vous-même un
coup d'œil...

Maintenant, il pouvait s'asseoir, en écartant les
basques de son manteau, en poussant un petit soupir.

Poldine tenait à la main un paquet de lettres
maintenues par un élastique. Elle retira celui-ci,
ouvrit une des lettres, remarqua :

— C'est l'écriture de Jacques...

Et il approuva de la tête tandis qu'elle commençait
à comprendre. Elle lut à mi-voix :

« *Ma toute chérie...* »

— Vous pouvez passer celle-là, lui conseilla-t-il. Prenez plutôt vers la fin du paquet.

Le salon donnait sur la cour et les persiennes, de ce côté, n'avaient pas été fermées. Poldine tournait le dos à la fenêtre.

« Ma petite fille adorée... »

M. Crispin regardait fixement le tapis usé, là où ses souliers bien cirés formaient deux taches brillantes et parallèles.

« J'espère que tu es bien rentrée et que tes parents ne se sont doutés de rien... »

Elle continua tout bas, mit son lorgnon, se pencha un peu pour que la lettre fût dans le jour.

— Je ne vois pas... murmura-t-elle sans conviction.

— Prenez la lettre suivante, celle qui est écrite sur papier bleu...

« Ma petite femme à moi,

« Car, maintenant, tu es bien à moi, n'est-ce pas ? et personne ne pourra plus nous séparer... Toute notre vie, nous nous souviendrons de cette auberge au bord de la rivière, et de l'aubergiste dont tu n'aimais pas le sourire, et de la servante qui le faisait exprès de t'appeler madame pour recevoir un plus gros pourboire... Tu es à moi, à moi, depuis tes lèvres jusqu'à tout toi... »

Poldine se leva, posa les lettres sur la table de marbre rose et murmura :

— Vous êtes sûr que ce soit adressé à votre fille?

— Tellement sûr que j'ai trouvé ces lettres ce matin cachées sous son linge... Depuis quelque temps je me doutais de quelque chose et j'avais décidé d'en avoir le cœur net...

— C'est l'aînée?

— Non! C'est Blanche, la cadette, qui a eu ses dix-sept ans à la Pentecôte...

— Vous avez parlé à Jacques?

— Pas encore. Il est chez moi, à l'étude...

Elle profita de ce qu'on entendait du bruit dans le corridor.

— Vous permettez un instant?

C'était le représentant des pompes funèbres, flanqué d'un commis pour prendre les mesures.

— Je suis à vous! leur promit-elle.

Et elle revint au salon, resta sur le seuil.

— Vous m'excuserez, maître Crispin, mais il faut absolument que je m'occupe de ces messieurs... Après la cérémonie...

— Mais que voulez-vous que je fasse, moi, en attendant? Ma fille pleure sur son lit... Ma femme en est malade...

— Je vous assure que...

Elle le poussait dehors, polie et froide, annonçait aux deux autres:

— Par ici, messieurs... Nous installerons la chapelle ardente dans ce salon, comme pour mon père...

*

La table fut dressée comme d'habitude, mais Jacques, les yeux rouges, refusa de manger et alla s'enfermer dans la chambre de sa sœur, qui était dans une demi-léthargie.

Le prêtre était venu, avait flairé la tricherie, ne s'était pas fâché.

— J'en référerai à l'évêché, avait-il promis. De toute façon, une messe sera impossible, mais on pourra peut-être bénir le corps à la porte de l'église.

— J'aurais préféré une absoute...

— Comptez sur moi pour faire tout ce qui est en mon pouvoir.

Il était parti et, à ce moment-là, Geneviève dormait, si bien qu'elle ne l'avait pas vu.

Les tapissiers arrivèrent tandis que les deux sœurs et Sophie étaient encore à table. Ils durent traverser la salle à manger et quelques minutes plus tard ils commençaient déjà à clouer.

— Dès que les faire-part seront livrés, tu feras les adresses, dit Poldine à sa fille. Tu prendras les noms du carnet vert. Peut-être faudra-t-il avertir sa famille...

Vernes n'avait plus de mère, ni de père, mais une tante, à Orléans, des cousins dans cette région, dont un était géomètre-arpenteur, et enfin une sœur mariée en Egypte.

— Ne t'occupe pas, maman!... Je ferai le nécessaire...

— Pour les vêtements...

— Je passerai chez la couturière... Est-ce que je dois porter le voile ?

C'est ce mot-là qui rappela soudain certaines réalités aux deux sœurs. Involontairement, elles se regardèrent et le mouvement fut si spontané de part et d'autre qu'elles en furent gênées.

— Qu'est-ce que tu en penses, Mathilde ?

Mathilde dit, en fixant la nappe :

— Tu feras comme tu voudras...

Si Sophie n'était que la nièce d'Emmanuel, le voile n'était pas indispensable. Mais, si elle était sa fille.

— J'aurais préféré que tu décides.

— Tu sais ce que tu as à faire...

Et ce fut Sophie, en définitive, qui décida.

— Comme Geneviève ne pourra pas venir à l'enterrement, il vaut mieux que je sois en grand deuil...

Grâce à Poldine, on n'avait vécu que le strict minimum de temps dans le désordre du drame.

Tout le reste était plutôt rassurant, rentrait dans le domaine des choses quasi quotidiennes, tombait sous la banale rubrique des décès.

— Tu téléphoneras au journal pour l'avis ?

On discuta un peu pour un mot. Il s'agissait de savoir si on mettrait « mort après une courte maladie » ou « mort pieusement » ou...

Poldine trouva : « mort inopinément » et le texte fut adopté.

Il n'y avait que Jacques à ne savoir où se mettre. Contrairement à ce que l'on avait attendu de lui, il avait été très secoué et maintenant encore il lui prenait de subites crises de larmes qui le laissaient pantelant.

Il ne pouvait pas parler à sa sœur, dans l'état où elle était, et il se contentait de s'asseoir près d'elle et de la regarder. Puis soudain il se levait, entrait chez son père et restait debout, le dos collé au mur.

Vers trois heures, pourtant, il fut forcé d'aller chercher quelque chose à manger dans la cuisine et alors, seul avec Elise, il lui demanda soupçonneusement :

— Comment est-ce arrivé ?

— Je ne sais pas... Je faisais mes courses...

Les lettres mortuaires étaient arrivées. On en avait

fixé une sur la porte d'entrée, et Sophie, dans le bureau, écrivait les adresses à l'encre violette.

Vers quatre heures, c'était fini. On avait descendu le corps dans la chapelle ardente où les premières fleurs, portant la carte de visite de voisins et de fournisseurs, étaient rangées. Tout y était, les cierges, l'eau bénite, la branche de buis et même les gens qui arrivaient sur la pointe des pieds, hésitaient à entrer, faisaient deux pas et attendaient de pouvoir se retirer.

Jacques était de faction. Il avait heureusement un costume noir et peu importait qu'il fût devenu trop étroit. Il restait là, serrait les mains, se mouchait, tripotait son mouchoir et levait de temps en temps la tête en se demandant ce qui se passait dans le reste de la maison.

Sa mère et sa tante, maintenant que tout était en ordre, étaient montées dans l'atelier. Poldine avait failli refermer la porte, mais après une hésitation, elle l'avait laissée entrouverte, comme quelqu'un qui craint un piège.

Il fallait s'habituer. Pour quelque temps, on était encore chez Emmanuel et celui-ci n'était pas tout à fait parti.

— Lis !...

Mathilde lut, posa le papier sur la table et remarqua :

— Il ne parle pas de Jacques...

— Tu sais bien qu'il s'est toujours méfié de lui... A propos de Jacques, le notaire est venu... Il reviendra... J'ai eu toutes les peines du monde à m'en débarrasser... Il paraît que Jacques a séduit Blanche... Les lettres qu'il m'a montrées ne laissent guère de doute...

Peu importait qu'en bas ce fût devenu momentanément un terrain neutre. Là-haut, la maison Lacroix continuait sa vie propre et la preuve c'est que Mathilde ripostait avec une pointe d'aigreur :

— Pourquoi est-ce à toi qu'il en a parlé ?

— Parce que c'est toi qui as perdu ton mari et qu'il n'a pas osé te déranger...

Elles ne bougeaient guère. Elles n'étaient pas encore habituées à aller et venir librement dans cette pièce qui, avec les années, leur était devenue étrangère et même hostile. A un certain moment, Poldine se leva, marcha vers le mur du fond et retourna son portrait vers lequel sa sœur venait de jeter un furtif coup d'œil.

— Qu'est-ce que tu en penses ?

— De quoi ?

— De tout...

— Si c'est de Jacques que tu parles...

Mais non ! C'était du testament et le regard de Poldine le disait assez clairement.

— Je ne sais pas encore...

La vérité, c'est qu'avant tout il fallait faire un inventaire de tout le bric-à-brac qui encombrait l'atelier. Jusqu'alors, on ne pouvait rien dire. Il y avait dix-huit ans, en somme, que les deux sœurs ne mettaient plus les pieds dans cette pièce et elles regardaient autour d'elles avec curiosité.

Le tableau de l'école de Teniers était toujours sur un chevalet et il y en avait d'autres, par terre, qui appartenaient à des marchands et qu'il faudrait rendre.

Les masques de plâtre accrochés aux murs ne valaient pas lourd, ni même les deux masques chinois à longues moustaches et au teint de cire.

— Tu as une idée ?

La lanterne était allumée, au-dessus du divan, ainsi que le plafonnier.

— Avec lui, dit Mathilde, on ne peut pas savoir…

Voilà ! On ne pouvait pas savoir ce qu'il avait manigancé ! C'était à croire qu'il l'avait fait exprès d'écrire ces quelques lignes qui ne signifiaient rien mais qui, lues d'une certaine manière, contenaient comme une sourde menace.

Pourquoi Emmanuel serait-il plus utile mort que vivant ? Comment le contenu de l'atelier serait-il un jour susceptible d'aider la jeune fille ?

L'aider en quoi ? En argent ?

— Combien crois-tu qu'il gagnait ? demanda Poldine en tirant le rideau devant la baie vitrée.

— Tu en sais autant que moi ! Quand nous nous sommes mariés, il se faisait à peu près trois mille francs par mois. Nous avions décidé qu'il en verserait deux mille cinq pour sa participation aux frais du ménage et que le reste lui servirait pour son argent de poche et pour ses couleurs…

Seulement, Emmanuel ne rendait pas de comptes ! Il donnait chaque mois ses deux mille cinq cents francs, sans explications, et il était difficile d'établir ce qu'il touchait chez les antiquaires et les marchands de tableaux.

Qu'est-ce qui l'aurait empêché, par exemple, de spéculer sur des toiles ?

Et qui sait s'il ne vendait pas sa propre peinture, tous ces toits qu'il avait la manie de reproduire à l'infini ?

— Le tiroir est fermé ?

— Non…

Poldine ne dit pas : « Ouvre… »

Mais Mathilde comprit, hésita un instant, pour la forme, tira à elle.

On ne vit que des gommes, des crayons, une petite éponge, des fusains et une boîte jaune de cachou.

D'instinct, et en même temps, les deux femmes regardaient autour d'elles pour s'assurer qu'il n'existait aucun meuble fermant à clef.

— Qu'est-ce qu'il t'a dit, cette nuit ?

— Des choses... Je me demande de plus en plus s'il n'a pas fait tout ça pour se venger...

Tout ça, y compris se pendre !

— Il ne travaillait pas du matin au soir, raisonna Poldine. Il ne pouvait d'ailleurs peindre à la lumière artificielle. A quoi passait-il son temps ?

On voyait bien des livres sur une étagère, mais ils étaient au nombre d'une vingtaine et, en dix-sept ans, Vernes avait eu le temps de les apprendre par cœur !

— J'ai fini ! annonça soudain Sophie en entrant. Elise est allée porter les faire-part à la poste...

Elle semblait frappée, elle aussi, par l'atmosphère de l'atelier. Elle regardait autour d'elle avec gêne et l'attitude des deux femmes l'intriguait.

— Qu'est-ce que vous faites ici ?

— Nous causons... Laisse-nous...

Et, comme sa fille s'approchait de la table, sans intention précise, Poldine s'arrangea pour glisser le testament sous le cahier.

— Laisse-nous, je t'en prie... Nous avons des décisions à prendre... Que fait Jacques ?

— Il est dans la chambre mortuaire... Les gens n'arrêtent pas de défiler... Il demande qu'on le remplace...

— Et sa sœur ?

— Elle est éveillée... Elle pleure doucement, en priant... Elle voudrait qu'on la porte en bas pour voir son père avant la mise en bière...

— Quand livre-t-on la bière ?...

— Demain matin...

— En quoi l'as-tu commandée ? demanda Mathilde.

— En chêne...

Un silence. Puis Sophie, faussement désinvolte :

— Bon ! Puisqu'on ne veut pas de moi, je m'en vais...

On attendit qu'elle fût descendue.

— Tu crois qu'il aurait caché quelque chose dans l'atelier ?

— J'essaie simplement de comprendre ce qu'il a écrit...

Il faisait froid, car le poêle que, pour la dernière fois, Vernes avait allumé le matin, comme il le faisait chaque jour, s'était éteint. Dans la rue, une femme laissait ses deux enfants sur le trottoir en leur disant :

— Restez là !... Je reviens tout de suite...

Et elle entrait, inclinait la tête vers Jacques, s'avançait résolument vers la table où se trouvaient le buis et l'eau bénite, esquissait le geste rituel, en remuant les lèvres. Puis elle restait encore un instant et s'en allait.

Chez Crispin, on avait enfermé Blanche dans sa chambre, et sa sœur elle-même, fiancée à un avocat, n'avait pas le droit de la voir.

— Qu'est-ce que c'est, ce cahier ? demanda Poldine à sa sœur assise devant la table.

Mathilde l'ouvrit, lut le titre écrit en ronde :

« *Recherches sur le Nombre d'Or.* »

Elles ne comprenaient ni l'une, ni l'autre. Le cahier était rempli d'une écriture serrée à l'encre violette, qui était la couleur de la maison. Presque à chaque page, on voyait des schémas, des figures géométriques compliquées et parfois des croquis : l'ovale d'un visage, une épaule, une jambe.

— Ce n'est rien... soupira Mathilde.

— Tu ne veux toujours pas me répéter ce qu'il t'a dit cette nuit ?

— C'est inutile... Au point où on en est !...

— Il a parlé de moi ?

— Je ne sais plus...

— Il ne t'a rien dit de Sophie ?

— Non... Je ne crois pas...

Poldine se leva, vexée, laissa tomber :

— C'est bien ! Puisque tu refuses de parler...

Mais elle ne partit pas, comme son geste semblait l'annoncer. Elle revint à la charge.

— Tu vas montrer ce testament à ta fille ?

— Je ne vois pas le moyen de faire autrement...

— Elle est capable de s'installer dans cette pièce et de ne plus vouloir en bouger... Chut !...

On entendait des pas dans l'escalier, des pas de quelqu'un qui n'essayait pas de passer inaperçu. Deux marches craquèrent, comme toujours. Dans l'obscurité du palier, on vit se profiler la silhouette de Jacques et, quand il s'avança dans la lumière, on put constater qu'il avait un mauvais regard.

— Que complotez-vous encore ? demanda-t-il sans ménagement.

— Tu pourrais au moins être respectueux, répliqua sa mère.

Et lui, grognon, désemparé :

— On est comme on peut ! Qu'est-ce qu'il y a ?

Il avait compris qu'il se passait quelque chose. Peut-être avait-il surpris le regard échangé entre sa mère et sa tante ?

— Qu'est-ce qu'il y a ? répéta-t-il en élevant la voix.

124

Il était sans patience, sans douceur, sans respect. Il était à cran.

— Vous ne voulez pas me le dire ? lança-t-il avec une soudaine violence.

Mathilde se contenta de pousser vers lui le bout de papier. Il le prit, le lut, le relut, les épia l'une après l'autre.

— Et alors ?

— Rien...

— Qu'est-ce que vous comptez faire ?

On pouvait se demander s'il n'allait pas proposer, lui aussi, de faire disparaître ce papier qui menaçait de devenir une source de complications.

— Il n'y a rien à faire... Tout ceci appartient à Geneviève...

Il fit des yeux le tour de l'atelier, ricana :

— La voilà bien avancée !

Et Poldine murmura, pour changer le cours de l'entretien :

— M. Crispin ne t'a rien dit ?

— A propos de quoi ?

— Il est venu ce matin...

— Et après ?

— Il m'a montré les lettres... Tes lettres...

Il rougit si violemment que son visage en fut transfiguré. Il avait soudain la mine d'un paysan puissant, brutal, aux yeux luisants de mâle colère.

— Mes lettres ?

Il flairait un piège, car il était assez de la famille pour la connaître.

— Il y en a une où tu dis tout...

— Cela me regarde !

— Il faudra bien qu'on prenne une décision... Tu sais ce qui a toujours été convenu... Si on t'a fait

125

étudier, c'est pour t'acheter une charge dès qu'il y en aura une de libre et pour t'installer en bas...

Il ne répondit pas. Il regardait par terre, durement.

— N'est-ce pas, Mathilde ? insistait Poldine.

Personne ne s'occupait de Geneviève qui priait, les yeux mi-clos, du mouillé entre les paupières, du chaud partout, en elle, autour d'elle et qui mêlait tout, la Sainte Vierge, le portrait dans le cadre noir et or et le pâle visage de son père.

— Je vous salue, Marie, pleine de grâce... Ma petite Vierge jolie, faites que papa... Je vous salue... Marie... Je t'en supplie, papa... C'est ta fille qui te supplie... Ta fille qui est toute seule, qui a peur... maintenant et à l'heure de notre mort... Faites, Sainte Vierge, que j'aille vite le rejoindre et que...

Là-haut, Jacques tranchait :

— On parlera de ça une autre fois...

Pour cacher les traces de strangulation, on avait remplacé la serviette par un foulard de soie. Les flammes des cierges dansaient. De temps en temps, on apportait des fleurs et Sophie, très calme, les rangeait au pied du lit.

Elle avait faim. Elle était en colère parce qu'on ne venait pas encore la relayer. Elle espérait qu'Elise passerait à sa portée pour lui dire d'aller chercher quelqu'un.

Soudain elle pensa : « Tiens ! J'ai oublié d'envoyer un faire-part à mon père... »

A celui à qui personne ne pensait dans la maison, au doux chantre d'église Roland Desborniaux, qui vivait toujours dans un village de Suisse où n'habitaient que des malades.

— Je ferme la porte ? demanda Poldine à sa sœur.

Ils étaient trois sur le palier, Poldine, Mathilde et Jacques.

— Ferme-la !

Mathilde allait tendre la main pour prendre la clef. Mais, à ce moment, Jacques intervint :

— Donne !

Et il dit cela de telle façon qu'elles eurent toutes deux la sensation d'une menace.

Troisième partie

I

Elle n'avait pas peur. La moitié du visage dans l'oreiller, une bonne part de l'autre moitié cachée dans ses cheveux défaits, elle laissait pourtant dépasser un petit bout de sourire.

Seulement, nul ne pouvait savoir pourquoi elle souriait. Elle aurait dû être excédée, car, une fois de plus, pendant près d'une heure, les médecins l'avaient examinée et, cette fois, ils étaient trois au lieu de deux, trois hommes à se pencher gravement sur une petite fille.

Le Féroce seul était resté, celui de Paris, qui était déjà venu deux fois et qui semblait toujours vouloir dévorer les gens. Au moment où les autres sortaient, il avait dit :

— Je veux la questionner un instant en tête à tête.

Il avait fermé la porte, s'était assis, grognon, bourru, mastiquant le vide et se passant la langue sur les dents, ce qui devait être un tic. Mais non, ce n'était pas un tic puisqu'il éprouvait le besoin de tirer un cure-dents de sa poche !

— Pourquoi vous obstinez-vous à ne pas marcher ?

Il lui avait lâché cela tout d'un coup, avec un regard d'ogre, et Geneviève, sous ses cheveux, avait souri. Elle n'y pouvait rien si c'était juste l'heure de son rayon de soleil et si, ce matin-là, le merle avait passé presque tout son temps sur les branches visibles de l'arbre.

— Répondez!

— Je ne m'obstine pas...

— Bon! Je vais vous poser la question autrement : quand avez-vous décidé de ne plus marcher?

— Je n'ai pas décidé...

— Bon, répéta-t-il. Si vous préférez. Quand avez-vous su que vous seriez désormais incapable de marcher?

— Je l'ai su tout de suite, quand je suis tombée et que je n'ai pu me relever. Mais déjà avant, si j'ignorais ce qui allait se passer, je savais qu'il se passerait quelque chose. C'était comme cela quand j'avais des convulsions.

— Vous n'avez jamais eu de visions?

Il questionnait méchamment, en jouant avec son cure-dents.

— Non, monsieur.

— Vous n'entendez pas de voix non plus?

— Non, monsieur.

— S'il y avait le feu à la maison, vous ne marcheriez pas?

— Je ne sais pas... Je pense qu'il n'y aura pas le feu à la maison avant le 25 mai.

— Pourquoi le 25 mai?

Elle n'aurait jamais parlé à d'autres de ces choses. Mais, justement parce que c'était le Féroce, cela l'amusait. Ce n'était pas un homme qui était assis près d'elle. Il représentait tous les hommes, tous ceux qui se croient forts et malins et qui traitent les Geneviève en petites filles.

— Parce que c'est le 25 mai que je m'en irai...

— Où?

— Pour toujours! dit-elle, le regard au plafond.

C'était lui, le grand, le gros, le dur, qui était mal à l'aise et qui ne savait plus comment mettre ses jambes.

— Qu'est-ce que vous racontez?

— Je ne suis pas sûre, n'est-ce pas? Ce n'est pas la peine de l'annoncer à mon frère et à ma mère...

— Qui vous a fait cette prophétie?

— Personne... Il y a déjà des années que je pense que je mourrai à dix-huit ans...

— Pourquoi à dix-huit? Pourquoi pas à dix-neuf ou à soixante?

— Parce qu'Odile est morte à dix-huit...

Elle fronça les sourcils, d'abord parce qu'elle commençait à être lasse, ensuite parce qu'elle se sentait impuissante à s'expliquer davantage. C'était très ancien. Cela datait du temps où elle préparait sa première communion et où elle avait une petite amie rousse qui s'appelait Marthe.

Marthe avait une sœur, Odile, qui n'était pas rousse, mais d'un blond qu'on ne voit d'habitude qu'aux très petits enfants. Odile était déjà une jeune fille et elle venait chaque jour attendre sa sœur à la porte du presbytère. Elle prenait Marthe par une main, Geneviève par l'autre.

Puis, un matin, à quelques jours de la Première Communion, Marthe n'était pas venue. Le lendemain, on avait appris qu'Odile était très malade, qu'elle avait la fièvre typhoïde, puis, le surlendemain, qu'elle était morte.

— Juste le jour de ses dix-huit ans! avait-on dit devant Viève.

L'enterrement avait été extraordinaire, avec plus de cent jeunes filles, toutes en blanc, des chants à l'église, les gens qui pleuraient au passage du cortège.

« Je mourrai, moi aussi, le jour de mes dix-huit ans ! » avait pensé Geneviève.

C'était tout. Le Féroce ne pouvait pas comprendre. Il mâchait toujours du vide — ou sa mauvaise humeur — se levait, poussait un soupir et allait rejoindre les deux autres, le docteur Jules et un médecin du Havre, dans le bureau de tante Poldine qu'on avait mis à leur disposition pour la consultation.

Car, cette fois, les médecins allaient pouvoir se prononcer en connaissance de cause, étant donné que la période des recherches, observations et analyses était passée.

Jacques, à cette occasion, n'était pas allé à l'étude. Il se tenait dans le salon mal éclairé, avec sa mère et sa tante, tous les trois en grand deuil, compassés, comme sur un portrait de famille.

Et Geneviève, la porte à peine refermée, se frottait voluptueusement la tête sur l'oreiller en récitant :
— Jésus, Marie, Joseph...

Elle aurait pu le dire devant le Féroce et il n'aurait pas compris. Même Geneviève, avant, n'y avait jamais pensé. Cela ne datait que de quelques jours.

Les yeux fermés, elle répétait de plus en plus vite :
— Jésus, Marie, Joseph...

Elle pouvait faire vite, mais il fallait y mettre l'intention. Après un moment, elle calculait :
— Dix fois trois cents jours d'indulgence, ça fait trois mille jours...

Elle entrouvrait les yeux, mais pas de beaucoup, juste assez pour laisser filtrer le regard entre les cils. Malgré la lumière, malgré le mur à petites fleurs et le

134

portrait au cadre noir et or, elle entassait toujours des indulgences :

— Jésus, Marie, Joseph... Trois cents jours...

Et ces indulgences n'étaient pas du vide. Bien sûr que Viève ne les voyait pas comme on voit une personne ou une chaise, mais elles étaient là, autour d'elle, de plus en plus compactes.

— Jésus, Marie, Joseph...

Ils étaient là aussi, Jésus et Marie surtout, car saint Joseph, dans l'esprit de Geneviève, restait plus flou. Aussi disait-elle son nom moins bien que les deux autres. Elle s'en était excusée :

— Saint Joseph, pardonnez-moi. Je sais que vous êtes un grand saint et le père nourricier de Jésus, mais quand vous êtes près de lui et de la Vierge, je ne vois plus qu'eux...

Elle ne perdait pas le fil de ses comptes, arrivait à quinze mille, à vingt et un mille jours...

Elle aurait pu dire aussi :

— Cœur sacré de Jésus...

Et c'étaient des jours encore, elle ne savait plus combien, peut-être plus ? Mais, de toutes les invocations, elle préférait :

— Jésus, Marie, Joseph...

Elle entendait parfois les voix des médecins qui discutaient dans le bureau : elles venaient de très loin, plus irréelles que les indulgences qui s'entassaient, remplissaient peu à peu la pièce, moins réelles que les moustaches et les pommettes de son père.

Car, dès qu'elle entrait en prières, il était là, toujours dans le même coin, un peu plus bas que le plafond. C'était le purgatoire, Geneviève n'essayait pas de comprendre pourquoi. Elle n'essayait pas non plus de comprendre pourquoi c'était lui, maintenant, qui tenait la tête penchée à gauche alors qu'autrefois, c'était Mathilde.

Le visage était effacé. Viève avait fait maints efforts pour le reconstituer en entier, mais elle n'y était pas parvenue. De net, de vivant, il n'y avait que les moustaches, plus soyeuses que jamais, un peu tombantes et, au-dessus, des petites pommettes très rouges, des yeux ou plutôt un regard mélancolique, car elle ne voyait pas les yeux à proprement parler.

— Jésus, Marie, Joseph...

Le merle sifflait. Le soleil atteignait l'angle d'un miroir. On était encore loin du 25 mai et Geneviève avait le temps d'entasser indulgences sur indulgences, des centaines, des milliers d'années de gagnées sur le purgatoire, tandis que le Féroce, en bas, déclarait :

— Il n'y a rien à faire. Elle ne *veut* pas guérir.

En parlant ainsi, il regardait le décor autour de lui, puis ses yeux revenaient vers les trois personnages en deuil et c'est tout juste s'il n'ajoutait pas : « Elle n'a peut-être pas tellement tort ! »

En tout cas, il eut du plaisir à articuler en fixant Poldine avec toute sa férocité :

— C'est deux mille francs !

*

Entre Jacques d'une part, sa mère, Poldine et Sophie de l'autre, c'était presque la paix, après qu'on avait failli avoir la guerre, et cela, alors que la maison s'était à peine refermée sur le départ d'Emmanuel Vernes.

Jacques, en effet, avait clos la porte de l'atelier, là-haut, et avait pris l'habitude de garder la clef dans sa poche. Le notaire Crispin, qui avait eu l'occasion d'échanger quelques mots avec Poldine le jour de l'enterrement, avait décidé que le jeune homme continuerait à travailler à l'étude en attendant une décision qui ne devait pas tarder.

Un soir, comme il venait de gagner l'ancien refuge de son père, Jacques avait vu un petit bout de papier par terre, là où il était à peu près sûr que la veille il n'y avait rien.

Il s'était tu. Après avoir refermé la porte, il avait placé une épingle en travers du chambranle, en un point où on ne pouvait l'apercevoir.

Le lendemain, l'épingle était tombée et Jacques, sans hésiter, était descendu au bureau, où Poldine se tenait avec sa sœur.

Le noir qu'il portait le faisait paraître plus sanguin et plus brutal.

— Laquelle de vous deux a une clef ? prononça-t-il sans ambages.

Les deux sœurs se regardèrent, comprirent qu'il était vain de finasser et Poldine se leva, se dirigea en soupirant vers son secrétaire.

— La voici...

En même temps, Mathilde se hâtait d'expliquer :

— C'est le serrurier qui l'a laissée le jour où il a dû ouvrir la porte... Nous sommes montées un instant pour aérer...

A ce moment, il n'aurait fallu qu'un rien pour déchaîner les deux camps l'un contre l'autre. Peut-être si Jacques avait hésité ?

Mais non ! Il n'hésitait pas. Il n'adressait pas de reproches, ne cherchait pas la discussion.

— Je voudrais que vous montiez toutes les deux avec moi... Sophie aussi, si elle veut...

Il avait tourné les commutateurs, fermé la porte, s'était assis devant la table de son père.

— Nous allons dresser un inventaire de tout ce qui se trouve dans cette pièce. De la sorte chacun pourra désormais y entrer sans éveiller de soupçons...

Les deux sœurs n'avaient pas bronché. Jacques avait pris une plume, une feuille de papier.

— Commençons par les tableaux... Sophie collera à chaque cadre une étiquette avec un numéro...

Ce soir-là, on avait travaillé jusqu'à une heure du matin. On avait fait de réelles découvertes. C'est ainsi qu'on s'était aperçu avec stupeur qu'il n'y avait pas moins de cent quarante-trois tableautins représentant des toits !

Les femmes trottaient d'un bout à l'autre de l'atelier, rangeaient contre le mur de droite les pièces inventoriées.

— Si on continuait demain ? avait proposé Mathilde qui, le soir, avait des douleurs dans les jambes.

Jacques avait tranquillement répliqué :

— Non !

— Encore un ! annonçait Sophie qui fouillait vigoureusement tous les recoins.

Il lui passa une étiquette, s'assura que le tableau allait rejoindre les autres.

— Maintenant, au tour des livres...

Heureusement qu'ils étaient peu nombreux. On les remit à leur place, après leur avoir collé un numéro et après que Jacques eût constaté qu'il n'y avait rien entre les pages.

— Les cahiers...

Car on avait déniché toute une série de cahiers, de simples cahiers d'écolier, tous les mêmes, tous remplis de la petite écriture de Vernes et d'étranges croquis.

138

— Voilà qui est fait ! avait enfin déclaré Jacques. Désormais la clef peut rester sur la porte.

Il les avait regardées l'une après l'autre. Au moment de se séparer, sur le palier, Poldine et sa sœur s'étaient regardées, elles aussi. Poldine avait entrouvert les lèvres. Elle avait été sur le point de dire quelque chose. Mais elle avait compris que Mathilde, au même moment, pensait comme elle et elle s'était contentée de laisser tomber :

— Bonne nuit !

*

Quand Jacques lui avait descendu un des tableaux, Geneviève avait soupiré :

— Pauvre père...

Et bientôt son regard s'était détourné de cette petite chose grise, de ces toits tristes et sans relief.

— Je t'ai apporté aussi le premier cachier. C'est à toi que tout appartient, il ne faut pas l'oublier.

Il avait ouvert le cahier à la première page où le titre figurait en lettres moulées :

« *Recherches sur le Nombre d'Or* »

C'était curieux. On eût dit que Geneviève ne pouvait se décider à lire. Ou plutôt c'était comme pour le tableau : ces reliques de son père ne l'intéressaient pas. Elle regardait Jacques avec l'air de se demander ce qu'il lui voulait.

— Je te lis à haute voix ?

Elle n'osait pas dire non. Elle écoutait distraitement :

« *Il est incontestable que, dans toutes les civilisations, un petit nombre d'hommes, que nous appelons les initiés, ont consacré leur vie à la recherche du Nombre d'Or. Depuis les Egyptiens jusqu'aux Hellènes, depuis les architectes hittites jusqu'à Léonard de Vinci, des mages ont cherché, d'aucuns ont trouvé, comme nous le prouvent certains messages mystérieux dont on décèle la présence dans leurs œuvres... »*

— Jacques !
— Quoi ?
— Qu'est-ce que c'est, le Nombre d'Or ?
— Je l'ignore...
— Ecoute ! Tu me le diras quand tu auras tout lu...

Et elle n'en avait plus reparlé. Son frère lui avait demandé si elle ne voulait pas quelques toiles de son père aux murs de sa chambre et elle avait murmuré :

— Non ! C'est trop triste...

Jacques était parti presque fâché, sans comprendre.

Et c'est alors qu'avait eu lieu tacitement le partage d'Emmanuel.

On n'aurait pas pu expliquer à un étranger en quoi cela consistait, ni en quoi il y avait partage. Mais ceux de la maison savaient, observaient désormais une convention secrète dont il n'avait jamais été question à voix haute.

Jacques avait fait son devoir en offrant à sa sœur de lui apporter toiles et cahiers. Tant pis pour elle si elle ne l'avait pas écouté, perdue qu'elle était dans ses nuages et dans ses litanies !

Mathilde, elle aussi, avait cru devoir dire à sa fille :

— Ton père t'a laissé tout ce qui se trouve dans l'atelier. Nous en avons dressé un inventaire. J'en place une copie dans ton armoire. Maintenant, nous allons nous occuper de savoir si cela a quelque valeur...

Geneviève n'avait pas bronché. Peut-être n'avait-elle pas écouté jusqu'au bout ?

Désormais, il n'y avait plus d'heures vides. Le début des matinées se passait comme avant, tout plein de petits soins, mais, dès que l'ordre régnait dans la maison, Mathilde et Poldine montaient, presque toujours précédées dans l'atelier par Sophie.

Pourtant, sa mère lui recommandait chaque jour :

— Surtout, ne monte pas à nouveau sans nous !

Comme si elles eussent été jalouses ! Jalouses de la possession, pendant un certain nombre d'heures, de l'atelier d'Emmanuel !

— Elise !... Elise !... criait-on dans la cage de l'escalier. Montez du charbon...

Jadis, Vernes le montait lui-même, allumait son feu, l'entretenait, vidait le poêle et descendait le cendrier.

La pièce une fois chauffée, l'atmosphère s'épaississait, devenait intime, d'une intimité spéciale car un personnage, le principal, restait invisible.

— Lis !...

Sophie, qui avait de meilleurs yeux, lisait.

« *Le Nombre d'Or est la base de toute beauté et sans doute de toute vie, si bien qu'on pourrait écrire qu'il est la base de toute richesse.*

« *Les grandes civilisations en ont possédé le secret et c'est quand elles l'ont perdu qu'elles se sont effondrées.*

« *On trouve, dans les pyramides, des indications de...* »

La voix de Sophie n'était qu'un ronron monotone.

Parfois la pluie faisait luire les toits, comme sur une bonne moitié des toiles entassées contre les murs.

« ... A l'origine de toutes choses, il y a le Nombre et ce Nombre caché constitue... »

Sophie s'interrompait pour remarquer :

— Ce passage a été écrit il y a au moins dix ans. Il y a une note en marge : « Viève a été première en composition. »

Il en était ainsi le long des cahiers que Vernes avait tenus au jour le jour, entassant des réflexions sur divers problèmes, des sentences qu'il avait lues ou qui étaient de lui, revenant sans cesse à sa grande recherche du Nombre d'Or.

— Qu'est-ce que c'est au juste ? s'impatientait Poldine.

— On le saura peut-être à la fin.

« Que sont le canon de Praxitèle, celui du grand Léonard et de Dürer, sinon une recherche du Nombre d'Or qui fait que tout est beauté et harmonie ?

« Vinci, dans ses notes, ne nous renseigne-t-il pas à ce sujet ? Ne nous avoue-t-il pas qu'il est à la recherche du beau absolu, du beau divin, du beau que rien ne peut atteindre, que rien ne peut détruire ou minimiser ?

« Par exemple, dans les croquis de... »

Puis, toujours, des notations en marge.

« Il me semble, parfois, que Geneviève n'est pas de la même race que nous tous. »

Des détails plus terre à terre :

« *Suis allé chez le dentiste. Dorénavant, j'aurai une dent en or.* »

Et d'autres, d'autres encore :

« *Jacques est un Lacroix.* »
« *Quand je frôle les façades, dans les rues, je tremble à la pensée de ce qui est tapi derrière...* »

Elles écoutaient, Poldine et Mathilde, espérant peut-être des précisions plus révélatrices. Elles étaient impressionnées par des détails saugrenus, comme le nombre de ces cahiers qui témoignait d'une activité de fourmi. Ces petits caractères à l'encre violette, c'était Emmanuel qui les avait tracés un à un, au cours des années, derrière la porte close de cet atelier, comme il avait recommencé cent quarante-trois fois le seul paysage qui fût à sa portée, ce panorama de toits gris avec le clocher immuable.

— Que penses-tu que cela veuille dire ? Puisqu'il t'a donné des leçons de peinture, il t'a sans doute parlé du Nombre d'Or...

— Non, maman.

— Et tu ignores ce que c'est ?

— Sans doute une lubie, soupira Mathilde. Il était comme sa fille : il rêvait tout éveillé.

Mais pourquoi alors ce testament, cette insistance à spécifier que « *tout ce qui se trouvait dans l'atelier...* »

Et en quoi, oui, en quoi, cela pouvait-il aider un jour Geneviève ?

Après le dîner, c'était au tour de Jacques. Les femmes le laissaient monter seul, peut-être parce que le premier jour il ne s'était pas montré très engageant, peut-être aussi parce qu'elles en avaient assez de toute la journée.

Il vérifiait avec soin la place de chaque objet, lisait, prenait des notes afin de se renseigner au-dehors sur certains sujets.

Il devait, lui aussi, entretenir le feu. Bien qu'il n'eût pas vu son père après sa mort, alors qu'on l'avait étendu sur le divan, il n'aimait pas regarder de ce côté et il se promettait toujours d'enfermer le châle espagnol, n'osait pas, se contentait de tourner sa chaise de l'autre côté.

Deux fois, la même semaine, M. Crispin vint et resta longtemps enfermé dans le bureau avec Poldine et Mathilde. Ce ne furent pas à proprement parler des entrevues cordiales. On entendit plusieurs fois s'élever le fausset du notaire qu'essayait d'étouffer la basse de tante Poldine.

Une fois, Mathilde sortit en pleurant et se réfugia dans la chambre de sa fille.

— Que se passe-t-il ? demanda celle-ci avec candeur.

— Tu ne peux pas comprendre... Il profite de la situation... Il sait que nous ne voulons pas de scandale et il dicte ses conditions.

— Quelles conditions ?

— Laisse-moi... Ce ne sont pas des choses pour toi...

Après la seconde visite, les deux femmes, qui avaient à causer, montèrent d'un commun accord dans l'atelier et c'était la première fois qu'elles s'y enfermaient pour parler de leurs affaires. Jusque-là, l'atelier n'avait été qu'un champ de recherches. Or, elles en avaient si bien l'habitude qu'ayant de graves questions à débattre c'était là qu'elles s'installaient, fenêtres et portes closes.

144

Le dîner, ce soir-là, fut orageux. Cela n'alla pas tout seul entre Jacques et sa tante, et Mathilde devait pleurer, car on ne l'entendait guère.

— Avoue que c'est toi qui lui dictes toutes ces conditions...

Jacques tenait tête et sortait enfin après avoir renversé sa chaise exprès, pour montrer, en faisant du bruit, qu'il était l'homme.

La maison flottait un peu. Il fallait prendre de nouvelles habitudes, de nouvelles positions et cela ne valait pas la peine, car tout était provisoire. Dans un mois, une nouvelle venue serait là, qu'on ne connaissait pour ainsi dire pas, une jeune fille de dix-sept ans, aux cheveux blonds, aux yeux bleus, à la santé fragile.

— Je donnerai un premier dîner chez moi mercredi prochain, avait décidé le notaire Crispin. Ce sera, si vous voulez, le dîner de fiançailles et, la semaine suivante, on publiera les bans...

Plus froid qu'une Lacroix, il pensait à des détails auxquels seules les femmes pensent d'habitude.

— Il faudra installer un timbre électrique à la porte d'entrée, afin que la servante de ma fille ne soit pas dérangée quand on viendra pour vous... Quant à la salle de bains, il est nécessaire de l'éclairer par une nouvelle fenêtre...

Une salle de bains ! Et que d'autres transformations encore ! Il exigeait, rédigeait un véritable cahier de revendications qui étaient autant de conditions.

— J'aurais cru, avait risqué Poldine, que dans les premiers temps, il eût été préférable, pour le jeune ménage, de partager...

Rien du tout ! Il vendait sa charge, soit ! Les Lacroix la payaient un bon prix. Par contre, il donnait cent mille francs de dot à sa fille, mais en titres qu'il n'était pas opportun de vendre avant longtemps.

L'étude serait transférée à la place de l'ancienne étude Lacroix, et deux jours ne s'étaient pas passés que Crispin se présentait avec un entrepreneur pour discuter des transformations à faire.

Il fallait attendre. Sophie, furieuse, accusait violemment sa mère de se laisser arranger et de sacrifier toute la maison à son cousin.

— Tu ne comprends donc pas qu'il faut s'armer de patience ?

— Et après ?

— Après, on verra...

En tout cas, le rez-de-chaussée en entier était cédé à Jacques, à son étude et à sa femme. Il était même question pour eux de prendre une pièce au premier, car ils manqueraient de place pour un débarras. La cour était pour eux aussi.

Les Lacroix étaient refoulées vers les étages et d'elles-mêmes elles se repliaient déjà aussi haut que possible, dans l'atelier de Vernes où, petit à petit, elles se sentaient davantage chez elles que partout ailleurs.

Elles avaient apporté un changement à la pièce. Pendant plusieurs jours, elles s'étaient demandé ce qui y manquait et elles s'étaient avisées enfin qu'il n'y avait pas d'horloge.

Peut-être Vernes ne s'inquiétait-il pas de l'heure ? Peut-être avait-il toujours sa montre dans sa poche ?

Dans la salle à manger, il y avait une horloge ancienne, au lourd balancier de cuivre. Puisque, dans quelques semaines, la salle à manger n'existerait plus...

L'horloge fut transportée dans l'atelier, y apportant des pulsations nouvelles et le reflet mouvant du balancier de cuivre.

— C'est M. Jaunie... vint annoncer Elise, cet après-midi-là.

C'était justement un jour où on ne s'occupait pas des cahiers, mais de Jacques et de sa future femme. Tant pis! On avait fait demander à M. Jaunie, qui était conservateur du musée, de venir jeter un coup d'œil sur les toiles d'Emmanuel.

Il était gros, important, et il tenait tellement le ventre en avant que cela lui rejetait la tête en arrière comme aux pigeons-paons.

Il joua son petit sketch, ainsi qu'il en avait l'habitude, regarda les tableaux de près, de loin, les yeux ouverts, les yeux mi-clos, fit fermer les rideaux, les fit rouvrir, s'amusa à gratter la peinture avec son ongle pour finir par un graillonnement qui ne voulait rien dire.

— Vous croyez que c'est bon?

— Ron... Re... Ron...

On avait oublié de l'inviter à retirer son pardessus à col de velours et, comme la pièce était très chauffée, le conservateur devenait d'un beau rouge.

— J'aurais aimé aussi vous soumettre ces cahiers... Comme il y est surtout question d'art...

— Si vous voulez me les confier...

Le délicat fut d'expliquer que c'était impossible, parce que ces cahiers, à cause du testament et de la méfiance de Jacques... enfin... que c'était...

Alors il commença à les parcourir. Poldine pensa au verre d'alcool et au cigare et Sophie alla les chercher en bas. Mathilde pensa de son côté au pardessus, si bien que M. Jaunie fut presque à l'aise sur le divan tandis que les trois femmes attendaient son verdict.

— C'est intéressant ? Cela veut vraiment dire quelque chose ?

— Heu... Re... Reu...

Il faisait de petits yeux, à cause de la fumée du cigare. Une heure après, il était encore là. Et, comme la sonnette du dîner n'allait pas tarder à tinter, Poldine, après avoir interrogé sa sœur du regard, murmura :

— Sachant que vous êtes célibataire, je me permets de vous inviter à dîner avec nous, sans façons...

C'était la première fois depuis longtemps qu'il y avait un étranger à table. On alla chercher à la cave une bouteille de bourgogne, et M. Jaunie la but presque toute à lui seul.

— Vous comprenez... C'est difficile à vous expliquer... D'autant plus difficile que les mystiques ne sont pas explicables... Or, autant que j'en puis juger jusqu'ici, Vernes était un mystique du Moyen Age égaré dans notre époque...

Jacques l'écoutait froidement. Poldine l'épiait. Mathilde avait la tête penchée et les lèvres étirées.

— Je ne voudrais pas vous donner de fausses émotions... Tout à l'heure, si vous le permettez, je lirai la suite de ces cahiers et je pourrais sans doute être plus catégorique...

— Ses peintures auraient de la valeur ?

— A condition d'être lancées, oui... Quant à ses idées, s'il est vraiment allé jusqu'au bout...

L'atelier, ce soir-là, connut la rare fortune de voir tout le monde rassemblé, y compris un homme du dehors, le conservateur du musée.

Il avait toujours son verre de fine à portée de la main. Il fumait un second cigare que Poldine lui avait octroyé sans hésiter. Renversé en arrière, il lisait, hochant la tête, grimaçant, souriant, jouant toujours sa comédie tandis que les autres, autour de lui, toute la maisonnée, hormis Geneviève, restaient figés dans l'attente.

— Pas mal... Pas mal... Curieux... Hé ! Hé !... Extraordinaire...

Il se fit montrer à nouveau les toiles, car désormais il avait pris assez d'importance pour rester sur le divan et pour commander à Sophie :

— Reculez un peu... Comme cela... Penchez le tableau en arrière... Bien... Ne bougez plus...

— Qu'est-ce que vous en pensez ?

— Si vous vouliez me confier quelques-unes de ces toiles ainsi que ces cahiers...

Même sans être de la famille, il était impossible de ne pas sentir se cristalliser aussitôt la méfiance.

— ... et si quelqu'un d'entre vous voulait m'accompagner à Paris... On pourrait...

A la fin, l'atmosphère était bleue de fumée et sentait l'alcool à plein nez.

— Sophie, peut-être ?

— Il faudrait probablement l'autorisation de Geneviève, insinua Jacques.

— Va la lui demander..

Il y alla, s'embarqua dans un discours embarrassé qu'elle interrompit.

— Tu veux montrer les toiles de papa ?... Mais, Jacques, tu sais bien que ce n'est pas bon...

Elle disait cela naïvement et il en était choqué. Il parlait, lui, de la mémoire de son père, de sa revanche.

— Fais tout ce qu'il te plaira... Moi, cela m'est égal...

— Mais c'est à toi...

— Puisque je te dis que cela m'est égal.

Elle avait hâte de se retrouver seule, et lui rejoignait les autres là-haut, annonçait :

— Elle est d'accord !

On discutait encore un peu et, en fin de compte, on décidait que Sophie partirait le surlendemain en compagnie de M. Jaunie. Puis on descendait. Mathilde refermait la porte de l'atelier, la rouvrait parce qu'elle avait oublié d'éteindre une des lampes et passait à travers les écharpes de fumée qui s'étiraient.

II

Noël approchait. Les maçons, en bas, frappaient comme des sourds sur un mur dans lequel ils devaient percer une porte. Mathilde, qui ressentait en elle l'écho de chaque coup, achevait de mettre de l'ordre dans la chambre de sa fille.

— Est-ce que tu veux me faire un grand plaisir, mère ? avait soudain murmuré Geneviève, qui, depuis un bon moment, suivait Mathilde du regard.

— J'écoute.

— J'aimerais que tu m'achètes une crèche... Il n'est pas nécessaire qu'elle soit grande, ni compliquée... Qu'il y ait surtout beaucoup de petites bougies roses et bleues...

Mathilde avait promis :

— J'irai voir cet après-midi.

Elle manquait d'entrain au point de donner l'impression de quelqu'un qui couve une maladie. Sans goût, elle achevait son travail, s'assurait qu'elle n'avait rien oublié. Et voilà que Geneviève prononçait :

— Je me demande, mère, ce que vous ferez, tante Poldine et toi, quand je serai partie...

Mathilde tressaillit et fut toute surprise de trouver les yeux de la jeune fille calmes et doux, comme apitoyés. Car c'était le sens de la phrase : Viève plaignait sa mère et sa tante !

— Tu veux nous quitter ? plaisanta gauchement Mathilde.

— Tu sais bien ce que je veux dire, n'est-ce pas ? Alors, vous serez toutes seules...

— Ne raconte pas de bêtises, Viève !

Ce n'étaient pas des bêtises, elles le savaient toutes les deux. Il y avait déjà longtemps que Mathilde, quand elle entrait dans la chambre, ne pouvait dissiper un malaise, une gêne qui, d'ailleurs, rendaient ses attitudes fausses et contraintes.

Avec une personne normale, on se trouve de plain-pied. On peut parler, feindre, se défendre, observer et mentir. Mais que dire à une malade qui n'attend rien, de personne, qui regarde avec indifférence la porte s'ouvrir et qui ne quitte pas des yeux ceux qui vont et viennent autour d'elle ?

Du moins, les derniers temps, Mathilde avait-elle un sujet de conversation.

— Sophie est encore allée à Paris, seule cette fois. Tout est arrangé. Nous louons une jolie salle, faubourg Saint-Honoré, et l'exposition aura lieu à partir du 15 janvier.

Mathilde s'étonnait que sa fille ne réagît pas quand on parlait de l'œuvre de son père.

— M. Jaunie écrit la préface du catalogue. Il est vrai qu'il a demandé dix pour cent sur la vente des tableaux. Avec les dix pour cent que réclame la galerie, cela fait vingt pour cent...

Geneviève rêvait, souriait aux anges, peut-être aux indulgences qu'elle entassait voluptueusement comme un chiot cache des morceaux de pain dans la paille de sa niche.

— Jésus, Marie, Joseph...

152

— Il paraît que tu n'en as pas voulu dans ta chambre. C'est ton frère qui me l'a dit...

— Si tu y tiens, j'en prendrai un, mère...

Puisqu'elle paraissait si détachée de tout, pourquoi menaçait-elle soudain :

— *... quand vous serez toutes seules...*

L'après-midi, il bruinait, les pavés étaient gras, la foule dense devant les magasins qui, à l'occasion de Noël, avaient tous des étalages spéciaux. Mathilde avait mis son voile de deuil qui la gênait et elle ne pouvait s'empêcher de penser sans cesse aux paroles de sa fille.

Le temps y était certainement pour quelque chose, et ce vide sonore de la maison où travaillaient les maçons, et cette atmosphère qui précède les grandes fêtes, ces grosses femmes arrivées de la campagne pour faire des achats, ces vendeuses à bout de forces qui ne savaient plus où donner de la tête, ces monceaux de marchandises, de victuailles.

— *... quand je serai partie...*

En marchant, sa mère se tamponnait les yeux de son mouchoir. Les yeux n'étaient pas mouillés, c'est vrai. Mais ils étaient sur le point de l'être et Mathilde se sentait vraiment émue. La preuve, c'est qu'elle se promit : « Je vais lui acheter une belle crèche... »

Cette pensée la délivra pour un moment de sa pesanteur. Elle apporterait à sa fille une grande, une magnifique crèche qui, tout illuminée, lui donnerait d'inoubliables joies...

La tête penchée, le voile relevé pour mieux voir, elle demandait bientôt au vendeur dans un magasin qui sentait le bois verni et le linoléum :

— Et combien celle de la vitrine ?

— Huit cent cinquante francs, madame...

— C'est beaucoup trop cher.

— Vous avez celle-ci à quatre cents francs...

Elle ne le faisait pas exprès. Son émotion était tombée. L'œil morne, elle regardait les crèches et elle voyait que ce n'était que du mauvais bois blanc, du carton, de la peinture, des personnages de plâtre.

— Qu'est-ce que vous avez d'autre ?

— Évidemment, nous vendons tous les accessoires au détail... Voici la crèche nue à trente francs et vous trouverez les sujets au rayon voisin...

C'est ce qu'elle choisit. Et elle était encore plus morne en rentrant qu'en partant. Elle pénétra tout de suite dans la salle à manger, car les autres étaient déjà à table ; elle dit en posant ses paquets sur une chaise :

— J'ai acheté une crèche pour Geneviève. Elle est tellement seule...

Elle n'eut pas d'écho et il ne lui resta qu'à manger comme tout le monde. Au rez-de-chaussée, la salle à manger était le dernier refuge, la seule pièce, avec la cuisine, où les travaux n'eussent pas commencé.

On avait gardé l'habitude de dîner en silence et Poldine versait toujours la soupe à chacun, tendait le bras quand il fallait presser le timbre électrique pour appeler Elise.

Mathilde ne fit pas exprès, ce soir-là, de regarder Sophie avec plus d'attention que les autres jours et elle remarqua que sa nièce avait changé, qu'elle devait avoir du rouge sur les lèvres et qu'elle avait transformé sa coiffure. Elle nota ces observations pour plus tard, mais ne dit rien et elle tressaillit comme les autres quand, alors qu'on achevait le dessert, la sonnette retentit dans le corridor.

On se regarda. Sophie regarda la famille avec l'air de dire : « Qu'est-ce que vous avez ? »

Puis elle se souvint qu'ils ne savaient pas et elle expliqua, comme une chose sans importance :

— C'est M. Jaunie qui vient me chercher...

— Te chercher ? répéta machinalement sa mère.

— Pour aller au cinéma...

Et elle marcha à la rencontre de M. Jaunie qu'Elise introduisait et qui, depuis un mois, avait encore pris de l'importance.

Jacques ne remarqua rien. Il avait l'habitude, lui, de sortir presque chaque soir pour rendre visite à sa fiancée.

Mais que Sophie...

— Tenez ! Voici le carafon. Servez-vous un petit verre pendant que je vais mettre mon chapeau et mon manteau...

Le coup réussit. Poldine et sa sœur furent sans voix. Elles s'efforcèrent même de sourire au conservateur et c'est tout juste si Poldine lança timidement :

— Ne rentre pas trop tard !

La porte se refermait avec fracas. Le couple passait devant les fenêtres et on entendait le rire de Sophie.

Poldine se leva de table. Mathilde l'imita. Elle faillit parler, mais elle attendit qu'on fût dans le bureau. Et là, au moment de s'asseoir, c'est Poldine qui proposa :

— Si nous montions là-haut ?

Tout cela prit du temps. Poldine avait emporté un ouvrage et elle mettait son lorgnon. Sa sœur l'observait.

— Qu'est-ce que tu voulais me dire, tout à l'heure ? Au moment où nous avons quitté la salle à manger, tu ouvrais la bouche...

— Tu crois ? J'ai oublié...

Ce n'était pas vrai, mais, à la réflexion, Mathilde avait décidé de se taire.

C'était difficile, dans les moments que l'on vivait, de toujours savoir ce qu'on devait faire. Les bouleversements étaient trop profonds. Une vie nouvelle se préparait et des détails sans importance apparente pouvaient prendre leur valeur par la suite.

Ainsi ce rendez-vous que Sophie avait donné tranquillement à M. Jaunie pour aller au cinéma avec lui !

Des minutes s'étaient déjà écoulées en silence quand Mathilde murmura, non sans s'assurer d'un coup d'œil que sa sœur n'allait pas mentir :

— Elle t'avait prévenue ?

— Non... Je suppose qu'elle a oublié...

Et la riposte vint aussitôt : une pierre dans un jardin, une pierre dans l'autre :

— Jacques t'a-t-il parlé de ses projets ?

— Quels projets ?

— Il compterait passer un mois entier en Italie avec sa femme... C'est par l'entrepreneur que je l'ai appris...

C'était assez pour un bon bout de temps. Poldine tricotait, en comptant ses points à voix basse. Mathilde parcourait des yeux sans le lire un roman vieux de vingt-cinq ans qu'elle avait trouvé dans la bibliothèque de son mari.

Pendant ce temps, sur l'écran du cinéma, les personnages avaient eu tout le temps de faire et de défaire leur vie. Ici, on n'avait parcouru qu'un petit bout de chemin, juste de quoi en arriver à une phrase en l'air, qui n'était elle-même qu'un jalon :

— Il n'a pas encore apporté la préface, n'est-ce pas ?

Il s'agissait de M. Jaunie, qui s'était en quelque

sorte chargé de la gloire posthume d'Emmanuel
Vernes.

— Pas encore...

— Il ne t'a pas posé de questions?

Mathilde répliqua:

— Et à toi?

— Des questions sans importance... Il m'a
demandé comment il était au juste dans la vie privée,
s'il était distrait, s'il parlait beaucoup de son oeuvre,
s'il avait souvent un air inspiré... Il paraît qu'il faut
tous ces détails pour tracer un portrait vivant...

— Qu'est-ce que tu lui as dit?

Elles se jetèrent un petit coup d'œil, par habitude.

— J'ai dit qu'Emmanuel était comme étranger à la
vie matérielle... Que sa véritable existence se dérou-
lait entre ces quatre murs...

L'étape franchie, il fallait attendre, et Mathilde
savait si bien qu'autre chose allait suivre qu'elle était
toute raidie par la méfiance.

Cela vint enfin, avec une brutalité inattendue de la
part de Poldine.

— Qu'est-ce qu'il t'a dit, la dernière nuit?

Ce n'était pas la première fois qu'elle tournait
autour de ce sujet-là, mais elle ne l'avait jamais
abordé aussi franchement. Mathilde prenait le temps
d'avaler sa salive et déjà sa sœur continuait:

— Avoue que c'est à toi qu'il en voulait, que c'est
à toi que s'adressaient tous ses reproches...

— Je serais curieuse de savoir ce qui te fait penser
cela!

— Tout... Et premièrement que, s'il avait eu des
reproches à me faire, il me les aurait faits aussi...

— Je ne vois pas pourquoi! Tu n'étais pas sa
femme...

— Et toi?

— Il me semble...

— Ecoute, Mathilde, ce n'est pas la peine de nous disputer. Il y a des vérités que l'on peut bien avouer entre nous. Tu ne l'as jamais aimé. Tu l'as épousé parce que tu voulais te marier et le hasard seul a fait que ce fût lui...

— Tandis que toi ?

— Je n'avais rien à attendre de lui...

— Sauf une vengeance ! Tu te morfondais à l'idée de la solitude ! J'étais mariée et tu ne l'étais pas ! J'avais un homme et tu n'en avais pas ! Tu devais déjà prévoir le jour où tu serais de trop ! Oui ! C'est cela ! Tu commençais à te sentir de trop ! J'échappais à ton influence et tu l'as fait exprès de venir sans cesse te fourrer dans cet atelier... Ose dire que ce n'est pas toi qui lui as demandé de faire ton portrait ?

— Tu es stupide !

— Je suis stupide parce que j'y vois clair, va ! Voilà assez longtemps que je te connais ! La preuve que j'ai raison, que tu es ainsi faite, c'est que tu recommences. M. Jaunie se charge d'écrire une préface et tu te mets en avant, tu fais en sorte que ce soit toi qu'il questionne sur Emmanuel, comme si je n'étais pas là pour ça...

— Tu l'as assez fait souffrir de son vivant !

— A cause de qui ? L'aurais-je fait souffrir si je ne vous avais pas trouvés dans les bras l'un de l'autre alors que j'étais encore toute meurtrie de mes couches et si, du coup, je n'avais pas compris que Sophie était son enfant ? Réponds à cela ! Réponds...

Elles n'élevaient pas la voix. Elles parlaient en sourdine, mais chaque syllabe était distillée, sertie, et les regards se chargeaient de souligner les moindres intentions.

— Oserais-tu me dire quand tu es devenue sa maîtresse ?

— Oui !

— Dis-le !

— Avant toi !

— Hein ?

— Cela t'étonne, je m'en doute ! Et pourtant c'est la vérité ! Certes, c'est pour toi qu'Emmanuel est entré dans cette maison. C'est toi qui réclamais un mari à cor et à cri. C'est à toi que notre tante a envoyé un candidat. Mais, quand il nous a connues quelque peu l'une et l'autre, c'est moi qu'il a aimée. Il n'a pas osé te le dire. Il était ton fiancé. Tout était prêt pour le mariage. Cela devenait délicat de changer de partenaire.

— Tu mens !

— Non, ma petite Mathilde, je ne mens pas. Et tu sens que je ne mens pas. Tu le sentiras encore mieux cette nuit, dans ton lit, quand tu te souviendras de maints détails. Emmanuel n'avait pas le courage de ses opinions. Il était hanté par la peur de faire de la peine. Il laissait toujours aux événements le soin de s'arranger eux-mêmes…

— Bel arrangement ! Et c'est lui, sans doute, quand il a appris que tu allais avoir un enfant, qui t'a conseillé de chercher un mari discret, tuberculeux si possible, afin qu'on puisse l'envoyer finir ses jours en Suisse ?

— C'est moi !

— Et tu comptais que les choses iraient ainsi, que vous seriez éternellement les vrais amants tandis que moi…

Alors Poldine de répliquer avec un coup d'œil aigu :

— Tu aurais fait exactement la même chose à ma place !

Pourquoi Mathilde crut-elle entendre la voix de sa fille qui lui disait, de son lit qui donnait aux phrases une sonorité mystérieuse : « ... Je me demande ce que tu feras quand je serai partie... »

Et surtout les derniers mots : « Vous serez toutes seules, tante Poldine et toi ! »

Elle regarda sa sœur et sentit un vide immense autour d'elles deux. Sophie était au cinéma. Jacques vivait dans un autre foyer, avec une autre famille qu'il s'habituait à considérer comme sienne. En bas, on abattait des murs et on enlevait les meubles pour les entasser dans les anciennes écuries.

— Poldine...

— Quoi ? Je n'ai pas raison ? Ce n'est pas toi qui l'as fait souffrir ?

— Tais-toi !

— Est-ce que je...

— Tais-toi ! redit Mathilde avec force, en se levant.

Elle arpenta l'atelier. Dans un coin, il y avait le portrait inachevé de sa sœur, face au mur ; mais, sans le voir, Mathilde pouvait encore en imaginer les moindres détails.

En revenant vers Poldine, elle contemplait celle-ci au naturel, dix-neuf ans après, avec un lorgnon, une robe noire, un tricot sur les genoux.

Quelque chose qui ressemblait à de la pitié lui gonflait le cœur, mais ce n'était pas de la pitié pour Poldine, ni pour un objet précis.

Elle venait d'avoir la sensation de la vieillesse, en regardant le visage de sa sœur, de la vieillesse de l'une et l'autre, de leur commune vieillesse.

Peureuse, elle serrait son châle sur ses épaules.

— Je me demande ce que nous avons à nous disputer de la sorte, soupira-t-elle.

Pour la deuxième fois de la journée, elle avait envie de pleurer, cependant que Poldine répondait par une phrase qui provenait de leur vocabulaire d'enfants.

— Qui est-ce qui a commencé ?

— Toi !

— Jamais de la vie. C'est toi qui as dit...

— Poldine !

Mathilde pleurait pour de bon, par petits coups, en cachant son visage. Sa sœur, étonnée, s'attendait presque à découvrir que Mathilde s'était mouillé les yeux avec de la salive, comme cela lui arrivait jadis pour attendrir ses parents.

— Ne parlons plus de ça... admit-elle. Cela vaut mieux...

Mais Mathilde questionnait, tournée vers le mur :

— Que te disait-il de moi ? Oui, que pouvait-il bien te dire ? Que vous racontiez-vous, tous les deux, ici, pendant que je... que je...

Poldine se leva à son tour, mais ce n'était pas pour marcher en long et en large. Elle ramassa son ouvrage, sa pelote de laine grise qui était tombée par terre et se dirigea vers la porte, sortit, descendit l'escalier avec dignité.

Quand Mathilde se retourna, les yeux déjà secs, il était trop tard. L'atelier était vide. Il n'y avait même plus les petites toiles avec les toits qu'on avait expédiées à Paris pour l'exposition, ni les cahiers que M. Jaunie avait obtenu enfin d'emmener chez lui pour les étudier à loisir et écrire sa préface.

Si Poldine ne pleurait jamais, Mathilde n'avait jamais pleuré longtemps. Elle renifla deux ou trois fois, s'aperçut qu'elle n'avait pas de mouchoir et s'essuya le visage avec les mains.

Elle n'avait plus envie de lire. Elle n'avait envie de rien faire et pourtant elle en avait encore pour deux bonnes heures au moins à attendre le sommeil.

Quelques minutes s'étaient écoulées et elle était sur le point de s'asseoir quand elle alla retourner le portrait de sa sœur, non par haine, ni pour attiser ses rancœurs.

Elle avait besoin de fixer une époque. Elle retrouvait, par exemple, la coiffure que Poldine faisait jadis, et cette robe rose qui n'était pas une vraie robe, mais une vieille robe de chambre. Emmanuel avait voulu que le vêtement fût rose. Il n'y en avait pas à la maison, à part ce tissu passé...

Demain matin, il faudrait entrer dans la chambre de Geneviève qu'on avait peur maintenant de regarder en face, tant son regard était gênant. Elle avait beau vivre dans un monde à elle et n'entendre que des échos assourdis de ce qui se passait dans la maison, on eût dit qu'elle savait tout, devinait tout, lisait dans les âmes.

Elle n'en disait rien. Tant qu'on se démenait autour d'elle, à mettre de l'ordre dans la chambre, elle gardait ce sourire condescendant qu'elle semblait avoir adopté par politesse, pour ne pas être une malade trop désagréable, pour ne pas attrister sa famille.

Ce sourire disait : « Vous voyez, je ne souffre pas, je suis très bien, très heureuse et vous ne devez pas vous lamenter à mon sujet... »

Mais il insinuait aussi : « C'est vous qui êtes à plaindre... Vous vous agitez inutilement... Vous n'avez pas compris... Vous vous faites mal, pour rien, parce que vous ne savez pas vivre… Quand je ne serai plus là… »

Soudain, Mathilde désira violemment voir sa fille. Elle ne pensa pas que Geneviève dormait. Elle éteignit les lumières dans l'atelier, après un regard machinal pour s'assurer que rien ne traînait et qu'il n'y avait aucun danger d'incendie. Elle descendit, écouta un instant à la porte qu'elle se décida enfin à pousser.

Elle n'avait pas encore fait de lumière qu'une voix disait doucement :

— C'est toi, Jacques ?

Presque méchamment, elle tourna le commutateur, proclamant ainsi :

— Non, ce n'est pas Jacques ! C'est ta mère ! Est-ce que, maintenant, je n'ai même plus le droit de venir te dire bonsoir ?

Geneviève ne pouvait pas cacher son dépit. Elle faisait son possible, pourtant, murmurait gentiment :

— Bonsoir, mère… Je croyais que c'était Jacques qui rentrait… Est-ce que je dormais ?

— Je ne sais pas. Je t'ai acheté une crèche…

— Elle est belle ? Pourquoi ne l'as-tu pas montée ?

— Parce qu'il faut défaire tous les paquets… Je l'apporterai demain matin…

Son regard était dur. Elle se demandait : « Comment sait-elle ? »

« … *Seule avec Poldine…* »

Et si c'était pis ? Si c'était seule, tout court ? Seule ! Seule !

— Tu as tes migraines, mère ?

— Non… Un peu…

— Sophie est sortie ?

— Elle est allée au cinéma. Comment te sens-tu, ce soir ?

163

— Comme toujours...

Evidemment !

Que dire d'autre ? Ou alors, il fallait entrer dans le vif, ne pas avoir peur des découvertes possibles. Il fallait avoir le courage de poser les questions essentielles : « Avoue que tu ne m'aimes pas et que tu serais incapable de me dire maman... Avoue que, pour toi, j'ai toujours été une méchante femme... Avoue que tu plaignais ton père et que, dès que tu as connu quelque chose à la vie, tu l'as considéré comme une victime... Avoue que c'est comme une menace que tu m'as dit : « *Quand je serai partie...* » Avoue... »

— Qu'est-ce que tu as, mère ?

— Rien.

— Pourquoi es-tu venue ?

— Je ne sais pas...

— Tu n'as pas entendu ?

— Quoi ?

— La porte... Oui... C'est Jacques qui rentre... Je connais son pas...

Elle reconnaissait tous les pas et devait les classer entre bons pas et mauvais pas. Elle souhaitait le départ de sa mère, pour que Jacques puisse entrer, rester un peu...

Il montait l'escalier, s'étonnait sans doute de voir de la lumière sous la porte, entrouvrait celle-ci.

— Bonsoir, Viève...

Il voyait sa mère et ajoutait :

— Tu es là ?

Du coup il n'entrait pas, se contentait d'achever :

— Soir... mère...

— Tu es toute pâle ! remarqua Geneviève.

— Ce n'est rien... Bonsoir... Dors ! Il est temps...

Elle se pencha, posa les lèvres sur le front de sa fille, d'un petit coup sec comme un coup de bec.

— ... soir, mère !

Il n'y avait plus de lumière dans le bureau. Poldine était couchée, mais ne dormait sûrement pas ; elle guettait, elle, le retour de sa fille, le bruit de la porte, les pas dans l'escalier.

Et Sophie n'irait pas l'embrasser ! Sophie ne se donnerait pas la peine de marcher sur la pointe des pieds ! Elle rentrerait chez elle en fredonnant et on l'entendrait pendant une demi-heure se livrer bruyamment à sa toilette de nuit avant de faire gémir son sommier.

Chez elle, Mathilde s'assit au bord du lit. Maintenant qu'il n'y avait plus qu'un lit, la chambre paraissait beaucoup plus grande, plus vide. L'horloge d'une église sonnait.

« Quand je serai... »

Elle faillit retourner chez sa fille, sans raison, pour s'assurer qu'elle n'était pas morte, pour lui interdire de mourir.

Car le professeur de Paris l'avait dit et maintenant cela prenait un sens terrible : Geneviève mourait *exprès* !

Pour se venger, pour venger son père, pour punir Mathilde, pour... « ... *vous serez toutes seules, tante Poldine et toi !* »

Mathilde était loin de pleurer, maintenant ! Et de s'attendrir ! Et de donner des explications à sa sœur !

Elle se couchait, les traits durs, le regard fixe, en femme qui n'a besoin de personne ! Et peu lui importait d'entendre Sophie et M. Jaunie qui chuchotaient sur le seuil !

III

Pendant près de quatre mois ce fut, chaque matin, la même bataille qui n'en était pas une, puisque aussi bien un seul des adversaires en avait conscience.

Personne mieux que Mathilde ne pouvait s'approcher d'une porte sans bruit, poser la main sur la clenche et tourner doucement, si doucement que, de l'intérieur, il eût fallu avoir les yeux fixés sur le bouton pour s'apercevoir qu'il bougeait. Quand le pène était à fond de course, elle mettait la même lenteur à pousser le battant, ne laissant d'abord qu'une fente suffisante pour son regard.

Or, invariablement, Geneviève avait dès cet instant les yeux tournés vers la porte ! Elle attendait ! Déjà, sur ses lèvres, était prêt le traditionnel :

— Bonjour, mère.

Il ne restait à Mathilde qu'à prendre son air dolent, son mince sourire de chrétienne résignée, l'inclinaison de tête de ceux que la vie a toujours accablés.

— Bonjour, Viève...

Trop tard ! Elle était encore une fois arrivée trop tard ! Sa fille avait été avertie par un craquement imperceptible pour d'autres oreilles, ou alors son instinct de malade était si développé qu'elle devinait l'approche de sa mère.

Elle avait eu le temps de fabriquer son attitude, de prendre son voile d'indifférence qui laissait cependant transparaître une joie secrète.

— Il me semble que tu es plus pâle qu'hier...

Mathilde disait cela pour savoir, pour amener dans les yeux de sa fille cet éclat qui pouvait passer pour une preuve ! Car plus elle était faible, plus elle était physiquement abattue et plus Geneviève semblait en proie à une jubilation intérieure.

— Le quantième sommes-nous, mère ?

Mathilde aurait voulu lui faire avouer qu'elle faisait exprès de mourir ! Oui, exprès, pour punir sa mère ! Si elle ne l'avouait pas, elle le proclamait par sa joie indécente, elle l'avait indiqué la première par les mots qu'elle avait dits : « *Quand je serai partie...* »

Silencieuse, sans jamais perdre son sourire triste, Mathilde trottait menu dans la chambre, sur ses semelles de feutre qui ne faisaient aucun bruit. La crèche était toujours sur la cheminée, ternie par la poussière.

— Maintenant que Noël est passé, on pourrait l'enlever...

Et Viève avait répliqué cyniquement :

— Pour si peu de temps, cela ne vaut pas la peine...

Elle savait tout ! C'était à se demander qui, dans la maison, pouvait lui raconter ainsi en détail ce qui se passait. Ou plutôt c'était à se demander si, de son lit, elle n'entendait pas tout, ne voyait pas tout.

Elle n'en parlait pas. Parfois seulement il lui échappait un mot prouvant qu'elle était au courant de beaucoup de choses.

— Sophie s'est bien amusée ? demandait-elle par

exemple alors qu'on n'avait pas parlé devant elle d'une sortie de sa cousine.

Et, à chaque visite du docteur Jules c'était la même comédie. Dès le palier, Mathilde l'attendait, le regardait dans les yeux.

— Eh bien? Elle va plus mal, n'est-ce pas?

— On ne peut pas dire qu'elle aille plus mal, ni qu'elle aille mieux…

— Je vois bien qu'elle est plus faible…

— Oui, c'est le mot. Elle s'affaiblit insensiblement, sans qu'aucun organe soit atteint, sans même que la reprennent les convulsions de son enfance…

— Vous ne pouvez vraiment rien faire?

— Du moment qu'elle n'a pas envie de vivre…

Ah! si Mathilde avait été médecin! Elle aurait bien forcé sa fille à vivre, elle! Par tous les moyens! Et Geneviève aurait vécu, là, dans cette chambre, à la disposition de sa mère… Elle n'aurait pas pu se venger comme elle le faisait, en s'éteignant, avec des mines de victime qui pardonne à son bourreau et qui prie le ciel pour lui!

Peu importait le reste, tout le reste, ce qui se passait dans la maison et ailleurs.

C'était désormais Poldine que cela regardait, Poldine qui était capable de s'occuper d'un tas de choses à la fois, avec une égale férocité: des loyers qu'elle voulait augmenter en dépit de la loi, de Jacques et de sa femme qui allaient revenir d'Italie, de Jaunie à qui elle aurait aimé intenter un procès.

Car l'exposition avait eu lieu, à Paris, et avait coûté cher. Rien que l'impression du catalogue, qui n'était qu'une interminable préface de quarante pages, sur papier Hollande, était revenue à plusieurs milliers de francs et le nom de Jaunie s'y étalait plus gras que celui de Vernes.

Les deux sœurs n'avaient pas pu aller à Paris : c'était au moment du mariage de Jacques et on avait assez de soucis dans la maison. Sophie s'y était rendue, Sophie qui changeait de plus en plus, allait et venait sans demander conseil et qui s'était fait faire une indéfrisable.

— Cela ne m'étonnerait pas qu'elle soit toquée de ce M. Jaunie, avait insinué Mathilde.

— Sophie n'est pas femme à se toquer de qui que ce soit !

N'empêche qu'on pouvait se demander ce qu'elle faisait à Paris pendant dix jours en compagnie du conservateur au ventre avantageux.

Non seulement on ne vendit pas une toile, mais, alors que Jaunie avait promis des tas d'articles dans les journaux, il y eut en tout quelques lignes dans un petit hebdomadaire et une critique banale dans une revue d'art qui présenta sa facture.

Par contre, au retour, une dizaine de tableaux manquaient.

— J'ai dû en donner à des gens influents, qui aideront à faire connaître l'artiste...

Poldine jugea Jaunie vulgaire. Son visage luisant lui déplut et elle se demanda comment elle n'avait pas senti tout de suite qu'il était bassement sensuel. Rien que sa façon de regarder Sophie gênait la mère comme une indécence. Il est vrai que Sophie le regardait à peu près de la même manière, avec une vague reconnaissance.

Cela n'échappa pas à Mathilde, mais son combat lui suffisait. Elle avait toujours eu besoin d'une idée fixe, d'une hantise. Comme d'autres remplacent un amour par un nouvel amour, elle remplaçait une haine par une haine nouvelle.

Ainsi, quand elle était petite fille, on lui avait dit :

170

— Prends garde aux hommes !... Et surtout ne te laisse jamais accoster dans la rue...

On dit cela à toutes les petites filles et celles-ci n'en sont pas autrement frappées.

Mathilde, elle, des années durant, vécut dans la haine, ou plutôt dans la méfiance des hommes. Car c'était de méfiance plus encore que de haine que son cœur avait besoin.

Il lui arrivait, à quelque coin de rue, de s'arrêter devant un homme particulièrement impressionnant, un homme à fortes moustaches, et de le regarder sournoisement en pensant : « Il n'osera pas... »

Si le passant ne la remarquait pas, elle courait se poster à nouveau au-devant de lui et elle avait déjà cette façon de porter la tête de travers, de regarder de côté. Elle tremblait. Elle se répétait : « Il n'osera pas... »

Puis soudain, prise de panique, elle s'enfuyait à toutes jambes et allait raconter à sa mère ou à sa sœur qu'un homme lui avait parlé, lui avait offert des bonbons, lui avait demandé de le suivre !

Que serait-il arrivé si elle n'avait pas surpris son mari et Poldine dans l'atelier ? Quelle idée fixe aurait succédé à la première ?

Il est probable que Mathilde se serait créé une hantise, mais il n'en avait pas été besoin. Le hasard lui en offrait une à sa mesure, une haine, une méfiance qui pouvaient durer dix-huit ans et plus et qu'il était possible d'attiser de mille manières.

Vernes à peine mort, sa fille le remplaçait, avec ce regard qui ne voulait pas céder, avec cette volonté de mourir contre laquelle Mathilde se dressait de toute sa rage !

Peu importait dès lors, le mariage de Jacques et l'installation du couple au rez-de-chaussée.

Cela regardait Poldine, qui souffrait pour deux, luttait pour deux, épiait l'ennemi, penchée sur la rampe de l'escalier et, le soir, étalait son butin.

— Ils sont encore partis en voiture... Je parie qu'ils ne rentreront pas avant deux heures du matin, comme la semaine dernière...

Ce n'était pas seulement par goût que les deux sœurs se réfugiaient dans l'atelier, c'était presque par nécessité. Le premier étage avait été bouleversé. On y avait entassé tous les meubles du rez-de-chaussée et le bureau était devenu en même temps la salle à manger.

Elise était montée, elle aussi. Elle cuisinait dans une ancienne chambre et, dans l'appartement encombré, elle tenait beaucoup plus de place qu'avant, si bien qu'on se heurtait sans cesse à elle.

D'intact, il n'y avait que cet atelier où chacune avait pris peu à peu ses habitudes. Poldine ne manquait jamais de commencer par :

— Comment va-t-elle ?

Et sa sœur, qui considérait ces mots comme une méchanceté, répondait par un mauvais sourire.

— Quant à ceux d'en bas...

C'était presque impossible d'en parler. Il n'y avait que Poldine pour être capable de cette tâche, par petits coups, par petites phrases significatives, tout en cousant ou en tricotant.

— Cela fait la deuxième sortie cette semaine et ils ont reçu trois fois du monde...

Ce n'était pas seulement la maison que cela choquait, mais la rue, où on entendait la nuit l'auto de Jacques arriver à grand fracas, manœuvrer, repartir, quand ce n'étaient pas les autos de quatre ou cinq invités, le phonographe qui jouait jusqu'à des deux heures du matin, la radio que Blanche faisait marcher toute la journée, même quand elle était dans une autre pièce et qu'elle ne pouvait pas l'entendre.

C'était incroyable de la part d'une gamine qui n'avait l'air de rien et qui, comme disait Poldine, ne devait guère avoir de santé.

Elle montait parfois dire bonjour à Geneviève mais toujours, comme une invitée, elle apportait des douceurs, ou des fleurs. C'était son genre. Quand une de ses tantes descendait, elle affectait de la recevoir cérémonieusement comme une étrangère.

— Asseyez-vous, je vous en prie. C'est gentil de nous faire une visite...

Une fois, Poldine l'entendit distinctement qui disait à Jacques :

— Les vieilles punaises sont encore venues...

Et Jacques avait répliqué sans vergogne :

— Fiche-les donc à la porte une fois pour toutes. Si tu veux, j'irai leur dire...

Le plus grave, c'est que Sophie changea de camp et prit l'habitude d'assister aux orgies d'en bas, où l'on buvait du champagne pour un oui ou pour un non. Elle prenait son auto, elle aussi, pour aller le soir à Caen, ou même au Havre, avec toute une bande d'amis. Et quand elle rentrait on entendait bien que sa démarche n'était pas très assurée.

— Tu aurais cru un pareil changement possible, toi ?

— Quel changement ?

— Tout... Depuis qu'Emmanuel est mort...

Parbleu ! Il s'était vengé en mourant ! Et sa fille, qui avait de qui tenir, allait se venger de la même manière...

On aurait dit que le printemps, qui faisait bourgeonner l'arbre de la cour, lui donnait encore plus envie de mourir ! Elle faiblissait voluptueusement.

Son visage devenait diaphane comme celui des saintes de plâtre du quartier Saint-Sulpice. Même sa voix, qui devenait d'une douceur angélique !

Elle posait des questions cruelles. Elle disait par exemple, sans cesser de sourire :

— Qu'est-ce qu'on fera de ma chambre, quand je serai partie ?

— Tais-toi !

— Pourquoi ? Je ne resterai plus longtemps, tu sais... Il sera temps, la semaine prochaine, d'appeler le prêtre...

— Chut ! Tu dis des bêtises...

— Mais non ! bientôt j'irai retrouver père...

C'était cela ! Elle irait retrouver son père ! Et ainsi les deux victimes de Mathilde seraient-elles délivrées !

— Tu es une égoïste ! Tu ne penses qu'à toi. Si c'est cela que tu appelles la charité chrétienne...

— Puisque c'est vrai !

Pas une seule fois on ne pouvait prendre la jeune fille en défaut, surprendre autre chose que son éternel regard d'ange bienheureux.

— Jure-moi que tu avertiras le prêtre...

Il fallut y passer à la mi-mai. Naturellement, dès qu'il eut un pied dans la maison, il revint chaque jour, ne manquant pas de répéter à Mathilde :

— Votre fille est une sainte...

— C'est vrai, disait-elle en soupirant.

Et elle pensait : « Une sainte qui hait sa mère et qui se venge... »

*

On dansa, le 24 mai, dans le salon d'en bas. C'était une nouvelle lubie de Blanche, que le médecin jugeait trop peu forte pour avoir un enfant et qui, des heures durant, se trémoussait en cadence, non seulement avec son mari, mais avec des étrangers.

Sophie, qui avait toujours l'air d'avoir faim de vie, était de la partie et ce serait inutile, le lendemain, de lui demander ce qui s'était passé.

— On a rigolé ! se contentait-elle de répondre.

Si on la questionnait sur les invités, elle laissait tomber :

— Des copains !...

Poldine, justement, ce soir-là, disait à sa sœur :

— J'ai trouvé du linge de soie dans son armoire...

Après un long silence, elle ajouta :

— J'ai trouvé pis... Elle a acheté certains articles d'hygiène qu'elle cache au fond de son tiroir...

Deux fois Mathilde descendit et écouta à la porte de Geneviève. Avant de se coucher, elle poussa l'huis, sans bruit, ne remarqua rien d'anormal.

Pourtant, le lendemain matin, c'était fini. Tout d'abord, elle ne voulut pas le croire. Elle avait tourné doucement la clenche. Elle avait ménagé une mince fente et, pour la première fois, elle n'avait pas rencontré le regard de sa fille.

— Bonjour, Viève, avait-elle dit la première, d'une voix déjà inquiète.

Alors elle avait compris que Geneviève ne dormait pas. Elle l'avait si bien compris qu'elle n'avait pas osé la toucher pour s'en assurer et qu'elle avait couru chez Poldine.

— Viens vite... avait-elle balbutié. Je crois...

Elle se tenait loin du lit, tandis que Poldine s'en approchait. Elle ne voulait pas regarder. Elle ne pleurait pas, mais son visage était devenu blanc et dur comme de la pierre.

— C'est fini... prononça simplement Poldine. Elle

a dû s'éteindre en dormant… En tout cas, elle n'a pas souffert…

Elle fut plus impressionnée en voyant sa sœur et à mesure que se déroulaient les rites de cette journée mortuaire son effroi s'accrut, tant Mathilde semblait écrasée.

Poldine la connaissait assez pour deviner quand elle jouait ou non la comédie : or, Mathilde ne voyait littéralement personne, n'entendait pas ce qu'on lui disait, évoluait dans un monde inconsistant, avec des yeux hagards, des lèvres tellement étirées qu'elles ne pouvaient plus frémir.

Elle parla, deux ou trois fois, et ce fut pour dire, avec un calme effrayant, des paroles terribles.

— Il faudra la mettre dans la tombe de son père…

A un autre moment, comme les hommes des pompes funèbres préparaient des bougies, elle les interrompit :

— Non, pas des blanches… Rien que des roses et des bleues…

Ils regardèrent Poldine pour savoir ce qu'ils devaient faire.

— Obéissez à ma sœur, leur dit-elle, résignée.

La cérémonie eut lieu avec un grand concours de foule et Mathilde se tint droite.

Puis, le soir, quand les deux femmes furent seules et qu'elles eurent retiré leurs vêtements de deuil, Mathilde regarda sa sœur, longuement, comme pour se rendre compte de quelque chose.

— Qu'est-ce que tu as ?

— Rien…

— Pourquoi me fixes-tu ainsi ?

— Je ne te fixe pas…

— Allons là-haut, veux-tu ?

— Non…

176

— Que veux-tu faire ?

— Rien...

Elle était comme une statue sans âme. Elle se retira dans sa chambre et Poldine, cette nuit-là, s'éveilla six fois, alla chaque fois écouter à la porte de sa sœur.

Le lendemain, elle la vit qui ouvrait la porte de la chambre de Geneviève.

— Ne va pas là... lui conseilla-t-elle.

— Pourquoi ?

En effet, elle n'y allait pas pour pleurer, ni pour accomplir un pèlerinage. Elle allait mettre de l'ordre, rechercher certains objets qui avaient leur place ailleurs.

Deux jours, trois jours passèrent et Mathilde, affreusement calme, donnait toujours la même impression de vide. Maintenant, le premier étage était devenu trop grand pour les deux sœurs qui ne savaient où se mettre.

Elise, un matin, les yeux rouges, avait donné ses huit jours, en prétendant que ses parents la rappelaient à la campagne. Ce n'était pas vrai et on voyait bien qu'elle avait peur.

En attendant de trouver une autre bonne, Mathilde décida de faire la cuisine. Sa sœur protesta d'abord, accepta en fin de compte en se disant que cela lui changerait les idées. Mais Mathilde était aussi terrible devant ses casseroles qu'elle l'avait été quand, de loin, elle regardait le lit de sa fille.

Sophie, qui n'aimait pas la tristesse, restait dehors toute la journée. Peut-être parce qu'un des nouveaux amis de Jacques, un de ceux avec qui on dansait en bas, était un jeune docteur, elle avait décidé de passer ses examens d'infirmière et elle suivait régulièrement des cours.

Ce fut le septième ou le huitième jour que Poldine, un matin, décida d'entreprendre le grand nettoyage de l'atelier. Contrairement à son attente, sa sœur ne s'y opposa pas.

— Tu peux même brûler les toiles et les cahiers... dit-elle.

Ces toiles et ces cahiers à l'aide desquels Emmanuel, après sa mort, était parvenu à les intéresser un moment en leur faisant croire qu'il avait eu du génie !

Poldine monta, avec deux seaux, une brosse, des torchons. Toute la matinée, on l'entendit aller et venir bruyamment, heurter les meubles et changer les objets de place.

— En somme, dit-elle au déjeuner, c'est là-haut que, désormais, nous nous tiendrons le plus...

Mathilde entendait fatalement, mais elle ne manifestait aucun intérêt pour ce qu'on lui disait.

Vers le soir, à l'heure d'allumer les lampes, Poldine avait à peu près fini de ranger quand elle ouvrit machinalement une boîte en carton qui avait dû contenir des plumes à dessin. La boîte était là, par terre sur le tas de choses à jeter. Elle l'ouvrait sans idée préconçue et pourtant, quand elle vit une petite enveloppe blanche et quand elle constata que celle-ci contenait une poudre brillante, elle comprit aussitôt.

Elle venait de mettre la main sur la provision d'arsenic avec laquelle Vernes avait pensé, un jour, les empoisonner tous à petit feu.

Poldine, après avoir examiné sa trouvaille sous la lampe de la table, l'enfouit dans son corsage, descendit chez elle, chercha à son tour une cachette.

Sa sœur entra comme elle cherchait. Poldine n'avait pas le paquet à la main et néanmoins il lui sembla que le regard de Mathilde, soudain, perdait sa rigidité, exprimait quelque chose, une soudaine curiosité.

— Qu'est-ce que tu faisais? demanda la voix neutre. Le dîner va être prêt...

— Je viens tout de suite... Je voulais me laver les mains...

Il ne s'était rien passé, en somme. Pendant le repas, Mathilde fut en apparence comme les autres jours, aussi froide, aussi lointaine. Et cependant sa sœur aurait juré que son regard était presque redevenu ce qu'il était auparavant.

— Tu as brûlé les toiles?

— Non! Je les ai rangées au grenier...

Le repas fini, la vaisselle rangée, elles montèrent. Mathilde, comme elle le faisait souvent, s'assit devant le bureau et se prit le front à deux mains, car elle souffrait souvent de névralgies.

— Demain, mon tricot sera fini, dit Poldine pour rompre le silence.

Du temps passa. Poldine ne levait pas les yeux de son ouvrage, comptant du bout des lèvres, sans émettre aucun son, trois points à l'endroit, deux points à l'envers.

Le front dans les mains, la tête penchée, Mathilde voyait le tapis verdâtre qui recouvrait la table servant de bureau. On ne pouvait pas savoir si elle pensait ou si elle ne pensait pas.

Il advint cependant que des petits grains blancs scintillèrent devant ses yeux. Son attention, peu à peu, se concentra et les grains blancs devinrent une traînée, comme si on eût posé sur la table un sachet de poudre qui ne fermait pas bien.

— Je me demande s'ils vont continuer à recevoir malgré leur deuil... dit Poldine, toujours à son ouvrage.

Elle n'obtint pas de réponse, ne s'en inquiéta pas tout de suite. Elles étaient habituées toutes les deux à ces conversations où il y avait de grands trous entre les répliques.

— Il est vrai que Jacques était déjà en deuil de son père...

Toujours rien. Alors seulement Poldine leva la tête. Mathilde ne tenait plus son front à deux mains. Mathilde, en quelques minutes, venait de perdre sa rigidité, de s'humaniser.

Elle était ce qu'elle avait toujours été, avec sa tête penchée, son regard qui épiait par petits coups furtifs, ses lèvres qui tentaient toujours de tromper l'adversaire par un pâle sourire.

— Qu'est-ce que tu as ?

— Moi ? Qu'est-ce que j'aurais ?

La voix avait perdu sa dureté, elle aussi. Elle retrouvait ses inflexions douces, fielleuses.

— Je ne sais pas... Tu es toute drôle...

— Tu trouves ?

Et Poldine cherchait dans ce qu'elle avait dit la cause de ce revirement, car elle était loin de penser à la poudre blanche, à ces traces infimes sur le tapis vert.

— On dirait que tu m'en veux...

— De quoi t'en voudrais-je ? Tu m'as fait quelque chose ?

— Non ! Mais tu pourrais te figurer...

— Qu'est-ce que je me figurerais, par exemple ?

— Comme je te connais...

— Tu me connais mal, ma pauvre Poldine... Tu te trompes, comme les autres...

C'était la Mathilde d'autrefois, celle d'avant la mort de Geneviève et même d'avant la mort d'Emmanuel.

— Tu parles de ton mari ?

— De tout le monde...

Elle avait retrouvé une menace, une ennemie, elle avait retrouvé quelqu'un à épier, à haïr.

Et, ce qui décuplait le plaisir, c'était sa sœur elle-même, c'est-à-dire la personne qui la connaissait le mieux, qui était au courant de ses méthodes !

Poldine avait trouvé l'arsenic en faisant le grand nettoyage. On en avait parlé plusieurs fois au cours des derniers mois. On s'était demandé où Emmanuel avait pu cacher le poison et on avait fini par conclure qu'il l'avait jeté avant de mourir.

Mais non ! Ces traces sur le tapis prouvaient le contraire ! Et l'inquiétude de Poldine dont les mains ne tricotaient plus avec la même régularité !

Si elle n'avait rien dit, n'était-ce pas signe qu'elle avait une idée de derrière la tête ?

— Je me demande à quoi tu penses... soupirait Poldine avec une feinte indifférence.

— Moi ? à rien...

Néanmoins, après un temps convenable, elle ajouta :

— Je me demande si nous avons vraiment besoin d'une bonne. Une femme de ménage deux ou trois heures par jour pour le gros travail suffirait...

— Et la cuisine ?

Poldine avait dit cela avec tant d'involontaire étonnement qu'elle faillit rougir et que sa sœur s'en aperçut.

— Je la ferai moi-même ! trancha Mathilde. Oui, il y a longtemps que j'ai envie de faire la cuisine, pour m'occuper...

Ce n'était pas vrai ! Poldine savait que sa sœur n'avait jamais supporté les odeurs de cuisine ! « Toi, pensa-t-elle, tu me soupçonnes de quelque chose. »

Et, à voix haute :

— Nous pourrions nous relayer...

Elle savait ce qu'elle faisait. Elle attendait confirmation de sa pensée.

— Non ! Ou je m'occupe de quelque chose, ou je ne m'en occupe pas...

Elles disaient tout cela gentiment, avec l'air de vouloir se faire plaisir l'une à l'autre.

Geneviève avait à peine quitté la maison, Geneviève qui disait : « *Je me demande ce que vous ferez, tante Poldine et toi, quand je serai partie...* »

Or, une semaine avait suffi, une semaine de vide déroutant, dont le souvenir même était effrayant comme le souvenir d'un précipice qu'on a frôlé.

Enfin, la vie renaissait. Refoulées du rez-de-chaussée où elles englobaient toute la famille au temps où on était six à table, refoulées du premier étage que Geneviève avait déserté, elles se réfugiaient dans l'atelier du haut où elles n'étaient plus que deux femmes, deux Lacroix, en tête à tête.

Peu à peu, avec les années, l'ennemi envahissant pourrait monter jusqu'aux portes de leur refuge.

Qu'importerait même que le vieux Crispin, devenu veuf et abandonné de sa seconde fille en fuite avec un dentiste, vînt s'installer au premier ?

Et qu'un beau matin on apprît que Sophie était partie à son tour, avec un acteur de passage qui avait trente ans de plus qu'elle et qui promettait de lui faire jouer la comédie en dépit de son pied bot ?

Et que, dans toute la ville, on entendît que Jacques était aveugle et que sa femme se moquait de lui avec tous ses amis ?

Et que Nicou, à force de patience, gagnât son procès, devenant, comme il l'avait juré, propriétaire des Chartrins ?

Elles étaient deux, deux Lacroix qui pouvaient vivre, parce qu'elles pouvaient se soupçonner et se haïr, se sourire du bout des dents, observer, marcher sur la pointe des pieds et ouvrir les portes sans bruit, paraître au moment où l'ennemi s'y attendait le moins.

— Qu'est-ce que tu faisais ?

— Rien... Et toi... Pourquoi ne viens-tu pas manger ?

— J'ai mangé ! répliquait Mathilde.

— Debout ? Dans la cuisine ?

— Si cela me plaît ?...

Et la haine devenait d'autant plus épaisse, d'autant plus dense, d'autant plus lourde, d'autant meilleure que l'espace était plus restreint.

1938.

DU MÊME AUTEUR

Aux Éditions Gallimard

Dans la collection Folio Policier

CEUX DE LA SOIF, n° 100.

LE LOCATAIRE, n° 45.

LES DEMOISELLES DE CONCARNEAU, n° 46.

LE SUSPECT, n° 54.

L'ASSASSIN, n° 61.

LES INCONNUS DANS LA MAISON, n° 90.

L'HOMME QUI REGARDAIT PASSER LES TRAINS, n° 96.

TOURISTE DE BANANES, n° 97.

LA VÉRITÉ SUR BÉBÉ DONGE, n° 98.

LE CERCLE DES MAHÉ, n° 99.

Impression Bussière Camedan Imprimeries
à Saint-Amand (Cher),
le 5 octobre 2000.
Dépôt légal : octobre 2000.
Numéro d'imprimeur : 004323/1.
ISBN 2-07-041489-2./Imprimé en France.